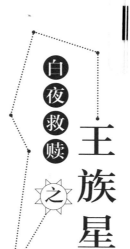

白夜救赎之

王族星座

安子

◎

著

北京航空航天大学出版社

BEIHANG UNIVERSITY PRESS

图书在版编目（ＣＩＰ）数据

白夜救赎之王族星座 / 安子著． -- 北京 ： 北京航
空航天大学出版社， 2020. 12
ISBN 978-7-5124-3167-6

Ⅰ．①白… Ⅱ．①安… Ⅲ．①长篇小说－中国－当代
Ⅳ．① I247. 5

中国版本图书馆 CIP 数据核字 (2019) 第 240099 号

白夜救赎之王族星座

责任编辑： 曲建文　舒　心
责任印制： 陈　筱
出版发行： 北京航空航天大学出版社
地　　址： 北京市海淀区学院路 37 号 （100191）
电　　话： 010-82317023 （编辑部）　010-82317024 （发行部）
　　　　　　010-82316936 （邮购部）
网　　址： http://www.buaapress.com.cn
读者信箱： bhxszx@163.com
印　　刷： 保定市中画美凯印刷有限公司
开　　本： 880mm× 1230mm 1/32
印　　张： 8
字　　数： 171 千字
版　　次： 2021 年 1 月第 1 版
印　　次： 2021 年 1 月第 1 次印刷
定　　价： 48. 00 元

谁将美玉，闲屑羽飞摅明轩；

缀就香岚，飞上长天入海潮。

此生有恨，长向别离待晓旭；

无怨无悔，山盟锦书有情郎。

序　言　　　王族星座

　　在城市边缘某建筑工地的勘探现场，发生了一起神秘的失踪案件，随着调查的展开，与失踪有关的人物逐一浮出水面，而失踪人的秉性也显露无遗。

　　这是雷海生出狱后，与老杜和安晓旭一起侦破的第一起案件，也是这三人探案小组的第一次联手破案。虽然每个人的思路、观点和推理方式大相径庭，然而却相互补益，共同指向一个方向，那就是真相。

　　人活着，有千万种活法，没有一种是容易的；人死去，有八百万种死法，任何一种都是镜子，有的会照出人变成野兽的面相。

　　被害人有被害人的性格，杀人犯有杀人犯的性格。

　　这个世间，没有绝对的善，也没有绝对的恶。每一个镜像，最终都会投向你自己，投射到你的生死之中。

　　这起失踪案件尚未侦破，又一起失踪案件让所有人大跌眼镜。

在未来熙熙攘攘的街道上，会有多少匆匆忙忙的过客，又会有多少人为名来为利往？可又有谁知道，在这片土地下，曾经埋过多少前尘旧世的亡魂，发生过多少离奇曲折的爱恨情仇，上演过多少罪孽深重的血腥案件？

而这三人探案小组，就是从这些镜像中，看到了真、看到了善；看到了悲悯、看到了爱怜。

人虽为万物之灵，然而在茫茫宇宙间，甚至连昙花一现都算不上。渺小的人类永远是孤独的，然而即使被关在果壳之中，仍旧可以自以为是无限宇宙之王，茫茫而空旷的宇宙永远为你开放。

善恶只是一个硬币的正反两面，美丑也只是每个人心中的臆想。一念超生，一念丧生，渡人自渡，毁人自毁。

众神不是慈悲的，倘若有众神的话，为什么在王族星座直视的地方，藏匿着那已然消散的生命？

这是罪恶的指正？

还是苍天的捉弄？

我们都不是神，我们没有权力去妄断他人的对错，决定他人的生死。

当尘埃落定之后，真相，就在眼前！

也许，这就是王族星座的最后致意。

目
录

C O N T E N T S

一个硬币的正反两面

白 夜 救 赎 之 王 族 星 座

又一次站在石门监狱的大门前，仰望铁丝网密布的高墙，骤然间，肝肠寸断。

这本应是个开心的日子，心心念念了两年。如今，终于盼到海生出狱，却未曾想，此时此刻，站在这高墙外，回想往事，那些曾经的岁月爬上心头，似一只暴怒的毒蝎，刺痛了我的心脏，猝不及防。时光的片段在脑海里倏然复苏，无可拒绝地回放着旧日的影像。

八年前，第一次见到雷海生，他那张精致的面孔让我心跳，让我心动；七年前，和雷海生领了结婚证，第一次，也是唯一一次，毫不设防地在他的怀抱里绽放，那是我心底里最隐秘的甜蜜；六年前，在出庭的那一刻，他看见我，第一次，也是唯一一次，在我面前，在所有人面前，失声痛哭。他像一头受伤的怪兽，咆哮着，呜咽着，奔向我，却被命运绊倒。

我没有想到，在这个值得庆祝的日子里，在雷海生出狱的这一天，在石门监狱的铁门外，我竟然悲从中来，泪流满面。

人生啊，倘若时光倒流，一切重新来过，我是否还会再次走进同一条河流？

一只大手悄然递过纸巾，我紧咬下唇，接过，低头擦干眼泪。

应该高兴起来才对，这是一个父子相见、夫妻相逢的好日子，并且从此以后，我们再不分离，再不分离。

然而就在此刻，我突然听见响亮的军号声，声音却来自身后，而非高墙之内。

我转头看向老杜，却看见他掏出手机，贴近耳边。

老杜对着手机低语："怎么是她？"

她？

耳边传来吱吱呀呀的声响，禁闭自由之门终于敞开，我看见雷海生远远走来，那面容依旧清秀，那久违的气息让我紧张，让我激动，我禁不住上前几步，却瞥见一旁那一脚门里、一脚门外的老杜，骤然停住了脚步。

"怎么也是农历八月十五？"

农历八月十五？听到这个日期，想起一个月前老杜和我送进石门监狱的那名犯罪嫌疑人，我按捺不住内心的不安，望向老杜，却见他眉头紧蹙，轻轻地冲我点点头。我不禁倒吸一口冷气，三个月前的那起案件，瞬间挤走了心头所有的忧伤，浮现在眼前。

那是一起发生在潞州某勘探现场的失踪案件。这起案件本不在啤酒肚徐峰的辖区，然而由于这起案件颇为蹊跷，甚至被当地百姓以讹传讹，说成了神秘事件，而该案件所属辖区的刑警队费力劳神，始终一无所获，只好向兄弟单位求助。徐峰无奈之下派出得力干将老杜，于是老杜带着我前往潞州调查勘探现场失踪案件。

这起案件之所以蹊跷，是因为此案发生的地点是潞州的勘探现场，这里拆除地上建筑后已发现五座古墓，并且截至案发时，仅仅完成了全部勘探工作的五分之一。据地质勘探人员初步判断，这五个由北向南一字排开，并且依次增宽加深的墓穴必然是某个家族的墓葬群，顺着这五个墓穴向南，必定还会有更大更深的墓穴出现。只是因为从这五座墓穴中挖出的棺木以及陪葬品年代较晚，尚不够国家保护文物的级别，所以未对这片勘探区域进行过多的警戒和保护，仅由白羽飞所在地质勘探部门和负责该地块地面开发的施工单位共同警戒。

而白羽飞失踪之夜，恰逢农历八月十五。当夜本应花好月圆，不料狂风大作，暴雨倾盆，电闪雷鸣，甚至有住在不远处居民楼中的目击者声称，当夜在这片荒芜的废墟之上，有火龙从天而降，景象非常恐怖。而且狂风掀起了勘探现场的简易房的房顶，暴雨倾注，次日下午警方接到报警，前往勘查现场，却发现室内外都已被暴雨冲刷得毫无痕迹可查。加之白羽飞失踪后，传闻越来越多，这起案件就成了棘手的悬案。

来不及仔细回想，海生已来到我面前，他看着我，眼睛里闪着光，那是我多么熟悉的眼神，充满了渴盼，也充满了探寻。我的心倏然一阵酸楚——我懂你，海生，请你相信，我是你的，永远是你的——小小。

我快步走过去，伸开双臂拥抱海生，一头扎进他的怀抱。

他僵立在铁门外，我看不见他的脸，却能感受到他的身体在我的怀抱中慢慢变软。

就在这片刻之间，我的心穿越岁月的白夜，走到他的面前，热烈地跳动。他一定能够感受到，因为我一样听到了他澎湃的心跳。

不知过了多久，我慢慢松开海生，抬头仰望。他低头冲我笑，虽笑得尴尬、苦涩和酸楚，但笑得如当年一样霸道，一样冷峻。

我也笑了，回头看老杜。他站在十步开外，望着我们，宛如望着两尊石像。

海生，我们回家。

事实上，在海生刑满之前，我想过很多次，海生出狱后是否邀老杜来蒋宅口同住，毕竟他们是父子，总该让他们在一个屋檐下，尝试彼此接纳，彼此关心，彼此相爱。

我也多次跟老杜提出过这个建议，然而每次老杜都摇头叹息："安子，我和海生生来就是仇人，也许只有等到我闭眼的那一天，我们才能相互谅解。"

虽然每次我都劝慰老杜："海生已经能够面对面和你交谈，能够接受你送给他的生活用品，这说明他已经不再恨你。"

然而老杜却还是摇头叹息，不再继续和我探讨这个话题。

于是蒋宅口，还将是我和海生两个人的家。

在回到蒋宅口之前，老杜请我和海生吃午饭，席间，老杜问海生，以后打算干什么。

海生不看老杜，却盯着我说："安子干什么我就干什么。"

此前探视时，我和老杜都问过海生，出来以后打算干什么，他从未做出过回答，当然我也早就告诉过海生，我出来后一直在给老杜"打工"，和老杜一起调查案件。没料到，此刻，对于这个迫在眉睫的问题，雷海生会给出这样一个蹩脚到令人大吃一惊的答案。

"海生，我觉得你还是学门技术……"海生的目光冷冷地射过来，我咽了口吐沫，闭上嘴，低下了头。

"为什么我不可以？小小，你都可以，为什么我不可以？"他的语气和七年前一样，不容抗拒。

老杜叹了口气，声音低沉："海生，你是男人，要养家。"

"养家？难道小小这两年靠你养吗？难道她是没用的废物吗？"雷海生的声音瞬间提高了一个八度，尖锐起来。

我凑过去，轻轻地晃了晃海生的胳膊，他绷紧的后背才慢慢地松弛下来。

"安子赚得很少，我没办法给她申请合同警，她的收入也就是案件侦破后局里发给我的奖金的一半，我把工资卡给她她也不要。"老杜缓缓地说。

"呸，她为什么要你的工资卡？她是我的女人，又不是你的。"雷海生又一次绷紧了后背，几乎吼起来。

"好了好了，海生，你怎么还不明白，我们都是有案底的人，找不到好工作的。"我抓紧了海生的胳膊，央求他。

　　他眼中的火焰渐渐熄灭，轻轻地叹了口气，低头看我，目光温柔："安子，正因为不可能找到好工作，我才想和你一起。在里面待了七年,明白了一个道理,其实墙里墙外,只有一步之遥。而黑与白、是与非、善与恶，不过是一个硬币的正反两面。"

　　一个硬币的正反两面？

　　我突然觉得，眼前的雷海生，已经不再是当年的雷海生了。

潞州勘探现场失踪案件

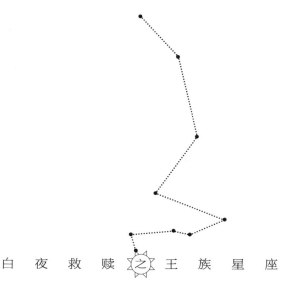

白 夜 救 赎 之 王 族 星 座

关于雷海生的工作问题，老杜并没有纠结太久。我猜想，也许他和我有着近似的顾虑，唯恐海生在出狱后，因为找不到工作而重蹈覆辙吧。总之，在雷海生出狱第三天，老杜就带着我和海生，坐长途车重返潞州。

虽然我在两年前刚出狱时，就坐着老杜的二手吉普车，和他一起去过天路，一起追踪过潞水湾事件的"幕后真人"——冷月和周云起，然而我始终不喜欢坐老杜的车。

不是老杜开车技术烂，而是因为我的内心不够强大。

我至今记得，那次在某个深夜，老杜开车载我，火速赶往几百公里外追捕嫌犯，而那一路，竟然没有高速公路可走，全都是乡道、村道。

那一晚，我坐在老杜的旁边，瞪大了眼睛，看着他在一辆又一辆装满货物的卡车之间穿梭，时而超车，时而并道，对面开来的大卡车车灯刺眼的照射让我一次次陷入视觉的盲区，完全看不清前方的道路。直到那一晚，我才知道，原来在夜晚，公路运输也是如此繁忙，大卡车在进出北京的各条公路上穿梭，司机们坐在驾驶室里，穿过黑暗，穿过漫漫长夜，去迎接又一个黎明。

那一路，我紧张到极点，不敢有丝毫懈怠，甚至不敢说话，不敢咳嗽。不知道为什么，从垃圾婆去世那天起，我的胆子就越来越小。从小和垃圾婆一起，走过多少没有路灯的夜路，睡过多少墓碑林立的坟坡，都未曾畏惧，虽然我自孩童时右眼就开始夜盲。然而自从垃圾婆去世，我就再也没有独自走过夜路，没有一个人在夜晚穿过坟坡，没有机会，也没有了勇气，因为，已经没有了垃圾婆，只剩我一个。

我的生命，背负了那么多的付出，垃圾婆的付出，年幼时海生的付出；而我的未来，背负了那么多的希冀，垃圾婆的心愿，和小小那待嫁的渴盼——我一生也不会忘记，七岁那年，我站在站台上，亲了海生，我对他说："等我长大，一定回来找你，到时候，你一定要娶我，我要给你生一堆胖娃娃……"所以，我要活着，我惧怕危险。而如今，我的背后印刻着更多人的救赎，有老杜、有海生，我又如何能不惜命？

所以，自从那次深夜追凶之后，只要时间不是特别紧，我都要求乘坐公共交通工具出行。

跟老杜办了近两年的案子，见识了人生的各种凶险，我的内心越来越敬畏——敬畏生命，敬畏自然。人活着，有千万种活法，没有一种是容易的；人死去，有八百万种死法，任何一种都是镜子，有的会照出人变成野兽的面相。

活着不易，一定要珍惜，我希望我们都能平平安安的，我们的人生还有太多太多的夙愿没有完成，不能冒险前行。换句话说，我活到当下不容易，我们活到当下都不容易，我们要更好地生活，不要莽撞地死去。

这一次，时间并不紧张，所以老杜同意了我的建议，三个人坐长途车前往潞州。在车上，我向海生讲述了三个月前，潞州勘探现场失踪案件的调查过程。

三个月前，我和老杜第一次来到潞州勘探现场。

这里一片荒芜，几台庞大的挖掘机耸立在废墟之上，地面上覆盖了绿色的防尘网，到处都是暴雨冲刷的痕迹，满目狼藉，早已无迹可寻。被狂风掀开了屋顶的简易房孤零零地伫立在勘探现场的最南端，在雨水的浸泡和阳光的灼烤下已出现了斑斑锈迹。

据所属辖区的刑警介绍，案发时适逢秋收，工地放假二十天，工人们都回家收秋了，只留下地质勘探部门的领队白羽飞和另外两名施工方的工作人员留守现场。

案发当日的下午，两名施工方工作人员开车外出，照例负责采购留守人员的生活物资，包括购买晚餐。由于暴雨，这二人被困途中，一直到次日凌晨，大雨渐停，才返回工地。当他们看到被掀起屋顶的简易房时，万分紧张，四处寻找白羽飞，却遍寻不得。他们甚至找遍了工地周边的居民区，也没有打听到任何有关白羽飞的消息。于是案发后第二天，农历八月十七上午，这二人就领队白羽飞的失踪向警方报案。

接到报案后，由于涉嫌古墓，所属辖区的刑警队极为重视，紧

锣密鼓地展开了一系列调查。

通过调查，警方得知，在案发之前数日，工地放假之前，曾有探工遛弯到此，向附近的居民打听距离此处最近的机场在哪儿，怎么走。经过大面积的搜查取证，经过施工方两名工作人员的指认，警方在勘探现场某座古墓的墓底发现了新的探洞，这些用洛阳铲探出的新探洞是放假前没有探出的。

于是警方根据这些线索，将打探机场位置的探工的身份证号码、一英寸免冠照片以及身高、体重等特征，并同白羽飞的有关信息迅速通告潞州的各个酒店、旅馆以及潞州境内和潞州附近的机场、火车站、汽车站、高速公路检查站，要求各方配合调查，谨防嫌疑人逃窜。

同时，警方向白羽飞所在地质勘探部门提出了配合调查的要求，要求该部门迅速安排新领队到位，并且建议该新领队最好和白羽飞稔熟。

于是案发后第三天，农历八月十八下午，新领队孙宏到位。孙宏和白羽飞共事两年多，比起单位的其他同事，对白羽飞的了解相对多一些。

接下来，所属辖区的刑警将调查的重点放在了勘探现场墓穴底部新探出的深洞和白羽飞身上。

施工方临时找来几名探工，用洛阳铲在勘探现场墓穴底部新探出的深洞周围勘探，竟然发现在这个墓穴底部还有更深的墓穴存在。于是之后的几天，新领队孙宏和施工方又安排工人进行人工挖掘，安排技师、测绘员和资料员进行考古分析，最终在这个墓底之下发掘出一个小型地宫。不过这个地宫着实迷你，连一个人都容不下，里面既没有棺木也没有陪葬的金银财宝，只有一些书籍。这些书籍因为年代久远，并且被农历八月十五当夜从新探的洞口灌进来的雨水浸泡，几乎难辨原状，但堆积整齐，未被触动。

据孙宏叙述，白羽飞到这个部门之前是该局司机班的班长，喜好古玩，对地质勘探兴趣浓厚，常在上班时间到勘探部门闲聊，偶尔还请该部门的同事外出吃饭。两年前换岗，白羽飞主动申请借调至勘探部门。这两年白羽飞工作努力，勤于探索，尤其喜欢跑工地，洛阳铲从不离身。大家都觉得驻场辛苦，而他却每有现场必申请驻场。此次白羽飞被派任驻场领队已三个来月。

警方调查了白羽飞最近三个月的手机通话记录，并未发现异常。在案发当夜，白羽飞除了在暴雨降临前接听过施工方两名外出的工作人员的电话外，并无其他通话记录。

于是警方初步推测，也许在八月十五当夜，有探工意欲探墓盗窃，被白羽飞发现，在争斗中白羽飞被害，涉案探工借助暴雨转移了尸体，随后逃匿。

然而一周后，随着调查的深入，该案所属辖区的刑警队发现，在该勘探现场工作的所有探工、技师以及测绘员、资料员无一失踪，不仅都能联系到，而且都在八月十五当夜有明确的不在场证明。而曾经探问过机场位置的探工也被证明，从放假返乡之日起至今，始终在老家河南洛阳收秋，没有返回过北京。

　　案件就此陷入僵局，眼看工地的秋收假期即将结束，地质勘探部门催促警方迅速结案，以便尽快开工，于是所属辖区的刑警队求助兄弟单位协助调查。

　　而当我和老杜抵达勘探现场时，已毫无线索可寻，原本就被暴雨冲刷得一塌糊涂的地面根本无迹可察，而案发数日后，被狂风掀开的简易房的房顶也已经在雨水的浸泡和阳光的灼烤下出现了斑斑锈迹。

　　老杜带着我，小心翼翼地走进简易房，看到了一张破旧的木桌和一张军绿色的铁架单人床，床上随意堆着被雨水浸泡，又被晒干的、皱巴巴的被褥。陪同我们调查的辖区负责此案的刑警吴法文告诉我们，那张木桌上原本还有一台笔记本电脑，一个水杯，房间里还有几件换洗的衣服和随身携带的背包。为了便于取证，这些物品被带回了警局，而那台电脑已被暴雨浸泡，硬盘数据无法恢复，未能从中获得任何有价值的线索。

　　随后老杜带我围着简易房转了三圈，就简易房的室内、门前、房后和两侧，分别拍摄了多张照片。与此同时，老杜还在简易房内外的地面上，分别采集了泥土样本，装进透明的塑料封口袋内。

　　随后，老杜带着我掀开了绿色的防尘网，小心翼翼地走进各个挖开的墓穴，细心察看，并分别拍摄了照片。老杜在发现新探洞的墓穴底部观察了很久，仔细地拍摄了迷你地宫。老杜还向新领队孙宏要来白羽飞的洛阳铲。铲已经很旧了，铲身上还刻有白羽飞的名字。

老杜将这柄洛阳铲从各个角度拍了照片，还亲自用这把洛阳铲在新探洞的墓穴底部以及尚未勘探的废墟上打了几个洞，并将取出的深褐色圆柱状泥块分别装进塑料封口袋中，贴上标签。我也学着老杜的样子，好奇地用这柄洛阳铲打了几个洞。这是我第一次见到洛阳铲，看着那一段段深褐色的泥土被洛阳铲带出地面，我对这片土地乃至这次调查工作，充满了无限的想象。

被害人性格

接下来的调查工作相对艰难，在没有任何线索的情况下，老杜带我调查了可能涉案的每一个人。在如此庞杂的工作中，老杜分派给我的就是周边涉案人员的调查，包括所有到过现场的探工、技师、测绘员和资料员，当然也包括送餐小哥和送餐公司的有关人员，甚至还包括新来的领队孙宏。

出狱后，在跟随老杜工作的这一年零九个月中，我从未遇到过如此众多的调查对象，所以当老杜将这一系列的工作排山倒海般抛给我时，我傻眼了，忍不住问："你把这些调查工作都推给我，你干什么？"

老杜看着一脸愤懑的我，呵呵一笑："安子，你真不灵光，要想完成这起案件的完整拼图，我们有大量的工作需要做，我给你的不过是小活儿，重头戏都在我手上呢！"

"连送餐小哥都交给我去调查了，你还有啥重头戏？"我吸了吸鼻子，表示不满。

"你要是不愿意，咱俩换换，你去调查白羽飞。"老杜眯着眼睛，幽幽地说。

"白羽飞都失踪快两周了，活不见人死不见尸，去哪儿查他？"

我瞪着老杜，心想，这个老杜，糊涂了不成？

"嗨，安子，你跟我办案快两年了，怎么还不开窍，大凡被害之人，都有'被害人性格'，要么是贪婪暴戾、恶贯满盈；要么是怯懦胆小，不敢反抗。总之一群人在同样的环境里遇到同样的人，为什么唯独某个人被害？必定有其性格根源。"

这段话我似乎在哪儿听过。哦，想起来了，在那起以人口失踪立案，最终查明不过是失踪人和嫌疑人私奔的逃婚案件的调查过程中，老杜就这样对我说过。在那起案件中，通过调查，老杜认为，失踪女孩少年丧母，由父亲养大，性格男性化，胆子大、活泼开朗，非常独立，大学期间就兼职做过保安、销售、啤酒妹、旅馆保洁和家教，社会经验相对丰富，自我保护能力较强，缺乏"被害人性格"，应该并未遇害。

那么当下，难道老杜的意思是，他要彻头彻尾地调查白羽飞这个人的相关背景，从他的性格养成到生活经历，来判断是否具有"被害人性格"？

我狐疑地看着老杜，他认真地对我说："你在调查周边涉案人员的情况时，一定要注意他们和白羽飞的交集，做好案头，随时和我沟通。"

这个案头工作，是老杜的发明，我好歹也跟了老杜两年，警察局也进出无数次了，从没见过，也从没听别的刑警提到过"案头工作"。记得老杜第一次跟我说做好案头工作的时候，我一脸茫然，还特意上网搜索了一下"案件侦破中的案头工作"的有关信息，结果发现网上根本没有任何有关信息。而案头调研，不过是市场营销中市场调研的专有名词，特指市场信息的收集工作。后来慢慢跟老杜学，终于明白，老杜所谓的案头，就是指调查过程中，每个涉案人员相关资料的调查、整理、汇总和对比工作。

我非常佩服老杜的这个发明，否则海量的、难辨真假的信息堆积在一起，若非经验老到的刑警，是很难剥茧抽丝发现蛛丝马迹的，然而通过案头工作，即便是我这样的新手，也能够在汇总和对比之后，找到一些真实的信息，提出一些有用的意见，发现一些有价值的线索。

案头工作其实很单调、很繁琐，因为在调查和搜集的过程中，你完全不知道哪个人是重点，哪里能够发现线索；你能够做的，就是事无巨细地做案头，越细致越好，哪怕是那些看起来毫不相干的问题。比如被害人的所有亲属和所有朋友，都要做好相关案头。这些案头工作包括每个人和被害人的关系如何，是否和被害人发生过冲突，是否向被害人借过钱，在案发期间是否见过被害人或者是否和被害人通过电话，等等。这些要做详细的调查，然后逐一记录。再比如有关联系人喜欢吃什么，喜欢玩什么，曾经去哪里旅游，曾经和什么人交好，甚至恋爱史和婚史，曾经的工作场所和早已失去联系的老同事和老朋友，都有可能是某个至关重要线索的伏笔。当然，这些调查得来的案头资料，有些可能是真的，有些可能是假的；有时候某个人和被害人之间并无直接关系，然后通过汇总案头，就能看出一些端倪。如果在汇总和对比后，发现某些信息非常可疑，那么就有了下一步案头的重点。那么第二轮更加详细、更加有针对性的案头工作便可以开始了。这就是案头工作的重要性：将庞杂的信息系统化、资源化、可视化。

老杜给了我一周时间，对周边涉案人员进行详细的调查。在这一周里，我马不停蹄地工作，通过电话、面谈等种种调查取证的方式，做了大量的案头。光笔记就写了整整两本，用了六支签字笔。

通过这整整两本案头，我发现了两条有意思的线索。

第一条，白羽飞从来到这个工地的第一个月起，就开始向周围的人偷售文物，有关文物的真假不可而知。当然，白羽飞卖出的文物，都不是勘探现场的测绘员和资料员记录在案的文物，连送餐的小哥都一脸不屑："白领队的那些玩意儿，没好东西，不过连我们老板都买了一件，你要接工地的活儿，总要给白领队点面子。"

截至白羽飞失踪之日，至少有十几个周边涉案人员从白羽飞手里买过文物，小到一块瓦当，大到一个酒盏；小到几十块钱，大到上千块钱。在这些人看来，白羽飞的东西卖贵了，他们大多认为白羽飞卖的应该不会是假货，但并不值那么多钱。多数人是抱着与白羽飞交好，在工地上找点活儿干的心思买下了白羽飞的东西；还有的想先给白羽飞点小甜头，等真的有了好东西，便能顺理成章地从白羽飞手里买过来。

第二条，白羽飞贪财好色，还喜好炫耀，这与孙宏的描述多少有些出入。这也难怪，白羽飞本来只是司机班的班长，不过是借调到勘探部门的，自然多多少少要夹着尾巴做人。但在工地上，他面对的大都是工人，自然无所顾忌，本性毕露。白羽飞来此工地后，常常在酒后吹嘘自己多么有钱，睡过多少姑娘。就连为排遣寂寞从中关村买了一台二手笔记本电脑，都大肆吹嘘，炫耀自己如何跟初次见面、完全陌生的卖电脑的老板套磁，还在市场管理人员路过的时候跟对方借火，以至于老板误以为他和市场管理人员稔熟，最后把作为样机的电脑以二手的价格便宜卖给了他。

　　在所有有关白羽飞的信息中，最让我感到不适的，是他曾在酒后炫耀，有一次去宠物店给领导家的阿富汗犬买狗粮，和第一次见面的宠物店老板娘到地下室去搬狗饼干，就在潮湿阴暗的地下室里苟合。这件事后来被大家传为笑柄，说他"人尽可妻"。

　　这一周的案头工作，我虽然并没有指向性的收获，但逐渐对白羽飞其人有了间接地了解。在我看来，白羽飞具备一定的"被害人性格"。

人物关系图

白 夜 救 赎 之 王 族 星 座

　　当我按照老杜之前交给我的方法，绘制了一张庞大而复杂的案头汇总对比总表，连同这些案头一并交给老杜时，老杜扫了一眼总表的最后一栏，也就是对比结果一栏，然后笑着拍了拍我的肩膀："不错，安子，和我想象的一样。"

　　随后，老杜也递给我一本密密麻麻写满字的案头，看来老杜也至少用掉了三四根签字笔。在这份案头里，不仅有他对白羽飞所做的所有案头，还有案件现场的照片，以及老杜手绘的案件现场图和人物关系图。

　　当晚，老杜和我在潞州旅馆里就人物关系图展开了深入的研究。

　　首先，老杜把出现在我的汇总对比总表中，他所绘制的人物关系图中并未收入的人物添加了进来，这包括送餐小哥、送餐公司的老板、测绘员张大鹏、测绘员陈芮、探工老洪、探工老李、探工铁帽刘和探工皮鞋张，还包括工地附近小饭馆的老板王大嘴，工地后面洗头房的洗头妹阿菁等十多人。

　　其次，老杜根据我在总表的最后一栏所写的对比结果，在这些人和白羽飞之间的连线上，写明了彼此之间的关系和疑点。

　　最后，老杜将这张繁杂的人物关系图用大头针钉在墙上，开始向我讲述他这一周的工作收获。

老杜最先告诉我的，是白羽飞的人生经历。

白羽飞出生在河北省大广县，他的姥爷是北京郊区的农民，世代在北京和河北交界的潮白河西岸务农，白羽飞他妈嫁给了潮白河东侧大广县的村民。白羽飞高中没毕业就辍学了，用老杜的话说，白羽飞原来就是个胡同串子，游手好闲、不务正业。后来白羽飞的舅舅在河西——北京郊区，给白羽飞找了份工作，在某单位的厨房打下手。其间，白羽飞学会了开车，考了本子。再后来，为了给白羽飞安排个正式工作，他的舅舅找了人，做了一份假的DNA鉴定，以投亲的理由落户北京，最终把白羽飞安排到勘探局做了正式工，工作是开班车。这些都是徐锋查出来的，在信息的搜集方面，徐大队长自然手眼通天。

在我四处寻访、调查周边涉案人员的同时，老杜先后寻访了白羽飞的父母和亲戚。白羽飞的父亲是个地地道道的农民，通过老杜案头里简要的对话记录，便可以对这个没见过大世面，始终以在河西某事业单位拥有正式编制的大儿子白羽飞为荣的老父亲有个大概的了解。

老杜的案头里记录着这样一段对话：

"没去河西之前，飞子老说我没本事，连个正式工作都没给他安排上。自从他老舅给他落了户口，安排了工作，他就不数落我了，过年过节还往家拉东西，有一次还拉了半扇猪回来。这两年收秋，每次他都带几个人回来干活儿。前年他奶奶没了，他还带了一帮人回来串忙，这帮人挨个在棺材前给他奶奶磕头，挨个随份子，飞子可有面儿了。"

在我翻看这一页时，老杜插话："我没告诉这老头儿，他儿子白羽飞失踪了。之前的调查人员来访，也只是说白羽飞所在工地出了点事故，白羽飞被要求配合调查，最近无法和外界联系。我也说自己是勘探局调查组的人，白羽飞借调到勘探部门两年多，此次出现事故，单位对他进行调查考核，如果确定他可以担负起此次工作的重担，单位将正式考虑将他调入勘探部门。白羽飞是个不恋家的浪子，一驻场就很少回家，半个月一个月不往家里打个电话，所以我这个谎倒也撒得圆满，他的父亲也积极配合。"

我却听得匪夷所思，禁不住发问："白羽飞的父亲没什么心眼吧，要不怎么连儿子往家拉东西、带人回去干农活、随份子都说？哪个单位过年发半扇猪？还不是别人送的？"

老杜嘴角上翘，幽幽地笑："有其父必有其子，他爹连这些事都拿出来炫耀，那白羽飞买个二手电脑就到处炫耀也就不足为奇了。"

接下来吸引我的，就是老杜和白羽飞母亲的对话记录。老杜还专门做了标注：和白父聊天时，白母一直在看电视；和白母聊天时，白父在院子里喂牛、扫地。

在这页对话记录里，白母提到了白羽飞的婚姻：

"飞子前些年一直不顺，找个媳妇被骗惨了，坑了他好多钱不算，还是个不下蛋的母鸡。这两年才好起来，娶了新媳妇，生了个小子。

这几天媳妇带孙子回娘家了。"

　　也就是说，白羽飞离过一次婚。如今的我早就跟老杜学会了逆向思考，任何人的任何表述，我都不会仅仅从讲述方的角度去考虑。如果嫌疑人说："我没杀人，我有充分的不在场证明。"我首先想到的不是他的不在场证明是否确凿，而是他是否可以在杀人后伪造不在场证明，或者他是否可以以不在案发现场的方式杀死被害人。所以我倒是觉得，依照白羽飞的性格，似乎是不占便宜就算吃亏，十之八九是他骗了人家；否则，他的前妻就一定是个比他更贪婪的货色。

　　我还注意到，在这一页的右下角还有一行小字："后门上的垃圾袋，大骂，撇马路上。"

　　老杜见我盯着这行小字，叹了口气，说："这家人应该不讨邻里喜欢，我见前门有狗，就绕到后门去敲门。后门的门把手上挂了一塑料袋垃圾，里面有烂苹果、水果皮和瓜子壳，还嘀嘀嗒嗒地漏水。白羽飞他妈来开门，我问这门上挂的是什么，她黑了脸，大骂'哪个脏心烂肺的，把垃圾挂我家门上，生孩子没屁眼儿'，摘下塑料袋，随手撇在了马路上。"

　　我接着往后翻，已是白羽飞的堂姐、姑姑等人的案头了。

　　我问老杜："白羽飞没有兄弟姐妹吗？"

　　老杜耸了耸肩，说："只有个弟弟，他父母说去外地上学了。我问遍了他家的亲戚和邻居，没有人能说清楚他弟弟白羽堂去哪儿了，倒是有好几个人说白羽堂好赌，欠了一屁股赌债，躲在外头不敢回家。"

"白羽堂？这名字倒起得不错，让我想起《三侠五义》里的美男子锦毛鼠白玉堂。"

老杜不屑地哼了一声，从随身带的帆布包里抽出一个信封，扔在桌上："徐锋昨天派人送来的，我还没来得及贴到案头里。"

我打开信封一看，竟然是所有相关人员的照片，不仅有我调查的所有周边涉案人员的照片，还有老杜调查的白羽飞所有的亲戚和朋友的照片，这让我又一次对徐锋的"无边法力"惊叹不已。

每张照片的下面都标注有人名，最终，我的视线落在白羽飞和白羽堂兄弟俩的照片上。

真没想到啊，这兄弟俩的名字听起来都颇为响亮，可大哥白羽飞头顶尖、额头窄、脑门凹陷、颧骨突出而两腮无肉，看起来就像一颗竖起来的瘪瘪的枣核儿，别说相貌堂堂，连相貌平平都算不上，虽还称不上一脸凶相，但从相貌上看绝非善类。而弟弟白羽堂眼小眉短，眉骨突出，颧骨也非常突出，虽然仅仅是照片，但是我依旧能够看清楚那双凶狠的四白眼，可见这必定是个性格险恶、心胸狭窄的男人。我不迷信，但经历的人和事多了，也明白了"善恶皆挂相"的道理。

我跟海生聊到这里，他突然问我："安子，你觉得我长得凶吗？像坏人吗？"

　　我嗔怒地瞥了他一眼，笑着说，"你要是长得像坏人，七年前，我就不会天天往你办公室跑了，你个傻子。"

　　再转脸，我看见雷海生的眼神温柔起来，嘴角微微上翘，两个酒窝若隐若现。感谢上苍，让他回到我的身旁。

无所谓丰碑

白 夜 救 赎 之 王 族 星 座

接下来的一周，我和老杜就这几本厚厚的案头，以及所有的照片和手绘图进行了详尽的分析。同时，徐锋也将查到的有关信息陆续告知老杜，于是我们逐渐对案件的全貌有了一个初步的了解。

首先，我们对白羽飞这个人有了一定的了解。此人并非像新领队孙宏所述，工作努力，勤于探索。他对地质勘探兴趣浓厚，尤其喜欢跑工地，而且洛阳铲从不离身，只是因为他一直在倒卖文玩，认定经常驻场就能获得更多的古玩，从中牟利。根据周边涉案人员和他的亲戚朋友描述，白羽飞小到核桃、瓷片、发簪，大到老家具和古字画，统统倒腾，近两年还结识了不少藏家，逢年过节还常常去拜访。

到目前为止，没有查到此人有宿敌，前妻在离婚后也再没有和他联系过。

其次，窥探此处工地的人也有一些，不过大都只是想从工地上接点活儿；探工打听最近的机场，自然也是寻思，如果找到了价值连城的宝贝，一旦得手即可迅速逃走。但根据技师、众多探工、测绘员和资料员陈述，到目前为止尚未发现什么价值连城的宝贝。再说就算是日后有所发现，这工地上每日都有领队、技师、测绘员和资料员，且每天收工，施工方就用面包车将所有探工拉回十里外的住处，仅凭一两个探工的力量，想要神不知鬼不觉地将发掘出的重要文物据为己有，似乎不太可能。

不过徐锋倒是给了我们两个十分具有震撼力的消息。

第一个，就是白羽飞的第一次婚姻的确是因为对方敲诈勒索而协议离婚的，徐锋查到了相关案底。

白羽飞的前妻叫沈美玉，河北左县人，考古专业本科毕业。毕业前沈美玉的父母出了车祸，一同归天，留下这唯一的女儿孤独地活在世间。沈美玉原本是勘探局附近一家古董店的店员，这家古董店规模不大，客人也不多，所以就雇了沈美玉一个店员。这家古董店的老板娘有亲戚在地质勘探局工作，所以也算是能找到识货的人，因此进的货大都是真货，卖的货也算货真价实，有时候也收一些货。当时白羽飞没事就爱逛古董店，间或从这家店买些不值钱的小玩意儿，或者卖一些类似弩针、骨簪、瓷片、带钩之类的小玩意儿给店里，一来二去，就和沈美玉熟络了起来。

沈美玉大白羽飞两岁，两人在2003年领证结婚。婚后沈美玉就辞去了古董店的工作，搬到位于潮白河东岸大广县白羽飞的父母家去住了。

后来沈美玉在大广县的商场里做导购，而白羽飞作为司机，仍常住勘探局宿舍，每个月回父母家一次，和沈美玉团聚。一年后，白羽飞在父母家放了几台电脑，开了个黑网吧，专门赚村里小学生的钱，沈美玉则辞去导购工作，在家看管黑网吧。

如果不是白羽飞家的黑网吧被查，徐锋要想了解这么透彻，可能还要多费些周章。大广县派出所的女档案管理员在上警校时听过徐锋的讲座，当时还请徐锋在自己的笔记本上签名留念，对这位老前辈印象深刻。因此，当大广县派出所所长说，北京市某分局的老前辈徐锋警官要我们帮忙查一查白羽飞家的有关情况时，这位女档案管理员一脸兴奋地接手了这一工作，然后便开始了上班以来最为详细、最为浩大的查询工作，恨不得把自己参加工作以前的档案都翻找一遍。于是就找到了 2005 年白羽飞家的黑网吧被查封的案底。

徐锋打电话给老杜的时候，乐呵呵地说："你看，老杜，这就是名人效应。你现在也算是咱们分局的名人了，再过几年，局里给你树个典型，你就是咱公安系统的名人了！"

老杜对着电话不屑地哼了一声：

"你是名人，可你还能办案吗？这十年，你办过什么案子？你的价值，也就是当个小官，协助调查，有意思吗？做刑警，不办案，跟后勤有什么区别？

"我可不像你，只等着退休养老，养老的日子我早就过腻了，现在才是我的好日子。

"每天都能看到新的面孔，每天都像翻开新的篇章，有人离去，有人新生，每天我都从死亡出发，逆向去理解生，理解超越个人的情感和逻辑。

"现在我才真正觉得，我的名字是那么金贵，每次在卷宗上签字的时候，我都觉得我杜长天的名字是铁打的！

"以前，我为别人而活，我要救赎我曾经犯下的错误，救赎我的亲人，可经过这六年，面对过几百具尸体之后，我早就翻过了内心的深海。

"我要为自己而活，面对一场场生死镜像，我要竖一块属于自己的丰碑，属于我杜长天的生死丰碑！"

这是我第一次听到老杜如此慷慨激昂的表达，这还是当年那个蔫蔫儿的老杜吗？

不！不！

这是一个心怀天下、壮怀激烈的男人的誓言！

当我把这段话转述给海生的时候，我多么希望能够从他眼中看到闪烁的光芒，我又多么希望他能够因此而爱上他的父亲！

然而，海生并没有像我一样激动，他的目光深如谷底，语调低沉而忧伤："安子，在我眼里，你永远是当年那个叫小小的小姑娘。你一直被保护，不管是垃圾婆还是你的养父养母，不管是老杜还是我，我们都在保护你，你的人生并没有被彻底践踏。

"你和老杜一样，从他人的生死里看到的不过是镜像。

"安子，你有没有想过，每一个镜像，最终都会投向你自己，投射到你的生死之中。

"你们和我不一样，都没有走到生命的极端，也并没有和深渊互相凝望。你们以为你们所做的一切，就是正义，就是善良，殊不知，善恶也不过是一个硬币的正反两面，都有召唤的力量。我不到五岁就被杜长天给扔了，不到五岁就被那个该死的人贩子逼着去偷东西，不到十二岁就被鸭头三万块钱给卖了……这个世间，根本没有绝对的善，也根本没有绝对的恶，一念超生，一念丧生，渡人自渡，毁人自毁。无所谓是非，无所谓丰碑，做点自己想做的事情，做点对自己来说有价值的事情，这辈子，也就够了。"

说完，海生不再看我，转脸看向窗外，也就在那一瞬间，我的心突然剧烈地跳动起来，我感到紧张，感到困惑，甚至感到惶恐和窒息，我想哭！

我又想起了那一幕，六年前，在出庭的那一刻，他看见我，第一次，也是唯一一次，在我面前，在所有人面前，失声痛哭。他像一头受伤的怪兽，咆哮着，呜咽着，奔向我，却被命运绊倒。

海生，海生，我对不起你，我没能成全你的付出，我没能让你完成对你来说唯一有价值的救赎！

海生，你愿意让我来理解你吗？

海生，你愿意让我继续爱你吗？

海生，让我们再爱一次！

海生说得对，"每一个镜像，最终都会投向你自己，投射到你的生死之中"。那一刻，我的心突然被撕开，我看到了血，看到了泪，看到了生命，看到了我和海生那紧紧地捆绑在一起的过去，以及未来。

婚内诈骗和五万块钱

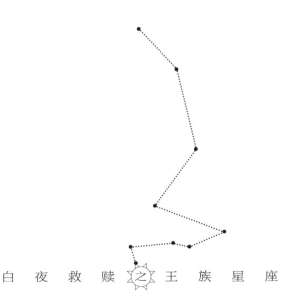

白 夜 救 赎 之 王 族 星 座

　　考虑到海生第一次跟老杜和我一起调查刑事案件，有关潞州勘探现场失踪案件的调查过程，我讲得事无巨细，直到我们乘坐的长途车进入潞州时还未讲完。

　　徐锋说，在大广县派出所传真过来的当年的出警记录中，有沈美玉婚内诈骗案的详细记载。

　　当时，报警人是白羽飞的弟弟白羽堂。

　　据白羽堂说，白羽飞多次被嫂子沈美玉敲诈勒索，当下就要把父母种地、哥哥工作积攒的十万块钱拱手送给沈美玉。哥嫂二人约好，在大广县的国荣旅社见面。

　　白羽堂在报警电话里说，亲眼看见白羽飞从家里拿了存折出门，他一路追上去，劝哥哥不要那么软弱，不要因为嫂子要挟说"不给钱就离婚"，便一次次给她钱。可白羽飞不听，从银行取了钱就直奔国荣旅社，无奈之下，他只好报警。

　　白羽堂还说，嫂子这已经是第十几次要挟哥哥了，从最初的几千块钱到现在的十万块钱，他实在忍无可忍，不得不报警，希望警察能够还哥哥白羽飞一个公道，阻止嫂子继续敲诈勒索。

　　警察接到报警，迅速赶到国荣旅社，问了前台二人所在的房间后，破门而入，只见白羽飞抱着头，蹲在地上痛苦地呜咽，哀求沈美三不要离婚，而沈美玉则一脸愕然，抱着一个旅行包，呆呆地盯着突然闯入的两位警察。

警察迅速拿过旅行包，打开一看，果真是十沓百元大钞，于是沈美玉被押上了警车；白羽飞和白羽堂被要求协助调查，同上警车，去了派出所。

在派出所，白羽飞和白羽堂的说法完全一致。白羽飞说沈美玉搬出自己家已有一周，她执意要离婚，尽管一次次答应她的要求，一次次给她钱，可她还是不满意。一周前，沈美玉又提出，如果白羽飞不能拿出十万块钱，她就搬出白羽飞的父母家。白羽飞再三央求，沈美玉也不肯降低要求。当时，白羽飞的工作实在太忙，赶不回来，只好任由沈美玉搬了出去。这两天白羽飞终于不忙了，便赶紧跑回来，取了钱，给沈美玉送过来，希望能接她回家。

当时，白羽飞泣不成声，在派出所里央求沈美玉说："美玉，羽堂不懂事，报了警。咱俩是一家人，我怎么可能告你呢？只要你跟我回家，跟我好好过日子，钱都是你的，连我家的院子都是你的……"

不过当时沈美玉的说法，却和白羽飞、白羽堂兄弟俩截然相反。

沈美玉说，提出离婚的并不是自己，而是白羽飞。

不算这次，白羽飞这半年只回过大广三次，前两次回来，每次都只住一晚，第二天一早就返回北京。每次回来只和自己谈一件事，那就是离婚。

半个月前，白羽飞又打电话给沈美玉，提出离婚，沈美玉不同意，于是白羽飞半年来第三次从北京回到大广，跟她打了一架。沈美玉声泪俱下地说，当时白羽飞一脚就把自己从屋里踹到了院子里，导致自己腰椎损伤，躺了一周才起来。而一周后，白羽飞的母亲，也就是自己的婆婆，竟然把自己赶出了家门，还把自己所有的东西都扔了出来，就连白羽飞买的黄色光盘和夫妻用品也都被扔到门外的马路上。婆婆还在看热闹的邻里面前大骂，说自己是破鞋，是不下蛋的母鸡……

于是这一周，沈美玉只好住在国荣旅社。她哀求白羽飞不要离婚，可白羽飞不答应。

最后，白羽飞提出，赔偿沈美玉十万块钱，协议离婚。

走投无路的沈美玉只得答应了这个要求，可没想到，白羽飞前脚进旅馆房间，警察后脚就踹门闯进来了。沈美玉说，她连旅行包都没来得及打开，一切变得太快了，她完全无法想象……

最后，这场狗血的案件以白羽飞一家的血泪控诉而告终。白羽飞的父母亲戚全都来了，而白羽飞自始至终都在苦苦地哀求沈美玉，哀求她不要离婚……

当地派出所的民警终究无法相信来自异乡的沈美玉的陈述，最终这场婚姻还是以协议离婚的方式结束了。

对于这个消息，老杜反复琢磨了几天之后，对我说："安子，也许我们可以查一查沈美玉这个人。"不过因为接下来的情况变化太快，新线索引导了调查的主要方向，所以对于沈美玉其人，我和老杜始终未能展开详细的调查。

徐锋还给了我们沈美玉的照片。大广县派出所的女档案管理员费尽周折找遍大广县的照相馆，找到了当年沈美玉在大广县照相馆拍的写真。照相馆只留存了这一张。照片上，沈美玉穿着奢华的皮草，露着大腿，眼神暧昧，风尘味十足。

徐锋第二个极具震撼力的消息和钱有关。白羽飞失踪后，他所有的随身物品，比如手机、银行卡、打火机、香烟，都不见了踪迹。不过徐锋还是辗转查到了白羽飞的银行账户，并且打印了最近一年的收支明细。让人吃惊的是，从案发前两个月，也就是白羽飞入驻工地一个月后，他的银行账户上就陆陆续续地出现一个汇款人的名字：魏明轩。以这个名字汇入白羽飞账户的钱，竟然多达几十笔。在案发前，这个名叫魏明轩的人，平均每两天就会给白羽飞汇一次钱。汇款的金额最初只有几十块，后来增至几百块，蹊跷的是案发前二十天，一次汇了五万块。

这个消息，比之前那个消息更具震撼力，甚至可以说炸开了一个通往光明的出口。于是我们根据这条消息，将调查的目标转向这个名叫魏明轩的人。

在接下来的一周里，我和老杜的调查方向逐渐从勘探现场失踪案件的周边涉案人员，以及白羽飞的亲戚朋友，转移到魏明轩身上。

查找魏明轩的过程并不算顺利，虽然通过魏明轩留在银行的身份信息查明此人来自广东省丹华县，并且通过他最近几年的交易明细，查明他应该就生活在潞州，但是查遍潞州的派出所，也没有任何有关魏明轩的流动人口登记信息。潞州公安局的民警问遍了潞州所有居委会的大妈、街道办事处的工作人员，还是没找到魏明轩这个人。

根据徐锋的调查所得分析，魏明轩在白羽飞抵达潞州之前，和白羽飞并无账务往来，那么初步推断，这二人也许是在潞州认识的。进一步猜测，也许魏明轩就生活在潞州，可能生活在某个村落里，或者某个流动人口临时聚集地。但他从未接触过居委会的大妈，也没有被派出所的流动人口调查人员查到。

那么这个魏明轩究竟是谁？

案发前半个月，他为什么要给白羽飞的银行账户汇五万块钱？

这个谜团，应该和白羽飞的失踪脱不了干系。

最后，我和老杜不得不请广东省丹华县公安局协助调查魏明轩的来历。这才了解到，魏明轩也算是世家子弟，出身于医学世家，祖上是前清举人。魏明轩的太爷爷是清政府获得赓子赔款资助的首批留洋学生，也是中国首批留洋的几位西医之一，回国后在北洋舰队做医生，后来回老家广东开私人诊所，医术高超，声名远扬。因此魏家在抗日战争之前非常富足，在丹华县拥有土地两百多公顷。

医生魏明轩

白 夜 救 赎 之 王 族 星 座

　　据当地百姓传闻，魏家祖上家境优渥。当年魏明轩的爷爷气宇轩昂、风流倜傥，继承了家业和祖传的医术，成为闻名遐迩的名医。不过随着时代的变迁，社会的变革，魏家逐渐衰落。而魏明轩的父亲虽然继承了祖传的医术，但从年少时就不务正业、拈花惹草、招蜂引蝶，吃喝嫖赌样样都好，将魏家败了个精光，那两百多公顷的土地，最后也变成了魏家人过过嘴瘾的旧皇历了。

　　到了魏明轩这一辈，挥霍一生的父亲见回天无力，就教独子魏明轩从小专研医术，盼着儿子能倚仗着祖传的手艺重振家门。无奈魏明轩年幼多病，不到十五岁就重病在床，眼见就要一命呜呼。老迈的父亲唯恐独子夭折，断了魏家香火，用尽各种方子，死马当活马医，最后信了"大仙儿"的说法，给重病的魏明轩娶了一房媳妇冲喜。结果歪打正着，次年，魏明轩竟然活了过来，而且大魏明轩三岁的媳妇还有了身孕。魏明轩的老父大喜。复一年，魏明轩的身体完全康复，魏家添丁，还是一对龙凤胎，魏家上下欢天喜地。

　　然而坊间相传，魏明轩一点儿也不喜欢这个媳妇，从病好之日起，就天天嚷着要离婚，说这女子既不识文断字，也不通情达理，不过是只会下蛋的母鸡而已。可魏明轩的老父亲却死活不许儿子离婚，说这是天命，还说魏明轩良心丧尽，当初要不是娶了这房媳妇，他连命都拣不回来，更别说给老魏家传宗接代了。大家也都心知肚明，两年前结婚的时候，魏明轩明摆着就是个活死人，谁家愿意把自己的闺女往火坑里推？能娶到这房媳妇就算魏家祖上积德了，魏明轩的老父亲哪里还能给他选个识文断字、知书达理的媳妇来？

魏明轩在病好后的第二年，考上了医科大学，可自从他离家求学，就再没回过家。他那年迈的老父亲气得每年春节都在家门口大骂三日，说都怪自己年轻时作孽太多，才养了这么一个孽子。

据说魏明轩的老父亲在魏明轩毕业后，曾经四处寻他三年，可遍寻不得，不过魏家好歹后继有人了，于是也就作罢。

广东省丹华县公安局提供的有关魏明轩的情况可谓详尽，不过说到底，谁也不知道如今魏明轩究竟在哪儿。不过据推测，大学毕业后魏明轩应该以行医为生。

对于老杜和我来说，随着魏明轩浮出水面，勘探现场失踪案总算有了一线光亮，至少我们不再像没头的苍蝇一样四处撒网、做遍案头。

时间无情，一转眼就快十月份了，工地要开工了，否则耽误了工期，谁也担待不起，于是在复工前，老杜带我又做了一次现场勘查。

老杜再次带我来到工地的时候，白羽飞曾经居住的简易房还凄凉地伫立在那里。走进那间简易房时，正是中午时分，由于房顶已经被掀开，屋内光线充足，老杜东瞅瞅、西看看，又带上白手套左敲敲、右摸摸，还贴近简易房的窗户端详了半天。老杜待了很久，拍了很多照片，然后出来绕着简易房转了三四圈，最终，他在早就画好的那张手绘现场图上标注了两个细节。

第一个细节是简易房窗户最右边，也就是西边的角落，积有很厚的灰尘，甚至有结块的泥土，而最左边，也就是东边的角落，灰尘则相对较少。

第二个细节是简易房的房后不远处，有几块较大的石头。在这片已经被洛阳铲探过的废墟上，大块的石头较为少见；因为地质勘探的要求是横竖每隔一米用洛阳铲打一个洞，所以为了方便勘探，较大的石块已被挖土机清理走了。老杜还尝试着搬开了两块石头，石头下的土壤颜色和周围的土壤颜色相差不多。

尽管在潞水湾死亡一案中，老杜就是凭借桌面上灰尘厚度的不同，发现了被隐藏起来的两个人，然而这一次，我并不认为老杜发现的这两个细节有多大价值。

就在我和老杜围着简易房来回转悠的时候，工地东侧搭建简易房的工人们突然喧哗起来。

我听见有人喊："快拿水来！"

老杜赶紧向那边走去，边走边说："中暑了吧？"

虽然已经入秋，可秋老虎热死牛，工地上没有遮挡，中午的大太阳火辣辣地直射着，中暑也不算稀罕事。

我们走近人群，只见两名工人搀扶着一个面色苍白、浑身瘫软的中年汉子正往工地外走，迎面而来的是送餐小哥。

送餐小哥一见，就嚷嚷起来，"老王中暑了？谁让他天天要辣椒油吃，不上火才怪。来几个人把饭取了，把老王架上来，我给送小医生那儿。不就是中暑吗？晚饭前准好。"

几个工人围上来，七手八脚把午饭从电动三轮车上拿下来，那两名工人把老王架进了车斗，送餐小哥二话没说，调转车头就骑走了。

施工方的负责人走了过来，冲着送餐小哥的后背喊："跟小医生挂账，月底我去结。"

讲到这里，我忍不住微笑，"海生，我觉得老杜和我的运气挺好的，当时正山穷水尽，却柳暗花明，要不是这个工人中暑，我们可能很久之后才能找到小医生。"

海生看着我，俏皮地眨了眨眼睛："你的意思是，小医生就是魏明轩？"

"恭喜你，答对了。"

坐在我们前面的老杜，一路上都没有回头说话，此刻却回过头来低声说："安子，你有没有觉得，我们这个案子走得有点太顺了？"

"太顺了？"什么意思？难道老杜希望所有的案子都谜团重重、无法侦破？"并不是所有的罪犯都处心积虑、心思缜密。罪恶不过一念之间，再说魏明轩也不是那么容易抓到的啊！要不是各个兄弟单位一起布下天罗地网，我们恐怕现在都抓不到他。"

　　"哦，这个案子听起来挺简单的，如果他就是凶手，我们还来潞州干什么？"海生皱起眉头问道。

　　"挺简单？你来做案头试试？我前后做了半个月的案头，笔记都写了三本，签字笔用掉了十根，电话费打了好几百，旅游鞋都快磨破底了……"我不满地嘟囔。

　　老杜回头笑，"行了，安子，海生说的没错，这案子目前看的确有点过于简单。案情如果过于正常，十之八九是不正常的。再说虽然魏明轩已被收监，可他不还是没有承认自己和白羽飞的失踪有关吗？而且他也没有透露丝毫有关白羽飞去向的口风。这关键性证据没找到就不能结案，就算是公审，也不一定能胜诉，更别说定罪了。白羽飞终究还是活不见人死不见尸，你说我们算顺利还是算不顺利？在石门监狱门口，徐锋打来电话说那个女人失踪了，失踪的时间竟然就是农历八月十五那天晚上。这也许就是这起案件的转机，也就是我们重返潞州的原因。"

初探

白 夜 救 赎 之 王 族 星 座

要说这魏明轩，还真是踏破铁鞋无觅处，得来全不费功夫。当日，送餐小哥带着中暑的老王去找小医生后，老杜就从施工方的负责人那里问出了小医生的诊所所在地。

小医生在距离工地五里外的恭家堡开诊所，当地人有病都找他。小医生大约三十多岁，因为当地原本有一个老医生，而小医生是几年前才来到恭家堡的，大家为了区分这两个医生，就称呼他为小医生。

小医生的医术高明，施工方的负责人说，前两月自己的儿子拉肚子，换了三家大医院都没治好，孩子越拉越弱，眼看就要脱水了，听探工说附近恭家堡有个小医生，神得很，药到病除，便抱着试一试的想法，带儿子去看了小医生。结果小医生就给开了二十块钱的药，三个小纸包，嘱咐分三天吃，一天一包。这当爹的着急，第一天给儿子吃了一包，见还是拉，于是第二天干脆把剩下的两包全给儿子吃了。这下真管用了，当晚就不拉了，可接下来这宝贝儿子五天都没大便。这当爹的又着急了，找到小医生。小医生没给开药，让这当爹的给儿子买冰棍吃，一天两根，连吃三天。吃了三天冰棍后，这宝贝儿子就大便如常了。这位当爹的对小医生是心服口服。

勘探现场人多，少不了有中暑的、头晕的、拉肚子的，不管谁有个头疼脑热，都去找小医生。

不过大家只知道他叫小医生,至于姓什么叫什么,没人说得出来。

小医生的诊所很小,在恭家堡的小街里,只有一间房,室内面积不足二十平方米。这条小街是村里最繁华的地方,小医生的诊所左边是一家茶叶店,右边是一家小超市,超市的玻璃上还贴着硕大的两个字"送水"。诊所对面,马路的另一侧是一家五金建材杂货店。杂货店左侧是一家修车的小店,竖着"火炮补胎"的牌子,门头的招牌上写着"二孬车行"四个字,门口停着一排崭新的电动车。小街上还有饭馆、水果店、熟食铺、文具店、水站、服饰店和药店,看来这条小街也算是恭家堡的商业一条街了。

小医生的诊所在这条小街上略显简陋,一间普通的民房,门头连招牌都没有,仅在窗户上贴着电脑打印的两个红色大字:诊所。时值农历十月,小诊所窗户上方的烟囱冒着烟,门上挂了蓝色的棉门帘。这门帘显然经年不洗,不仅污渍斑斑,而且在半人多高的位置上,因为常常被人触摸,有一大块黑亮的油污,显然有不少病人光顾这家诊所。

老杜带着我在门口端详了片刻,便挑门帘走进诊所。

这间屋子靠近门口的部分显然是诊室,放了一张长方形的桌子,桌子上铺着透明的塑料垫,塑料垫下面压着杂七杂八的纸片。桌子上放着老旧的台式水银血压仪、纸笔和台历架,桌角上放着把脉用的小枕头。在桌子的另一角,还放着一本厚厚的旧书,封面上写着书名《芥子园画谱》。在这本旧书的旁边，还有一方小小的砚台，一个挂满毛笔的笔架，一盒一得阁墨汁，一盒国画颜料。在笔架的下方有一个朱红色的小盒子，盒子上写着金色的字"吴昌硕篆刻刀"。

桌子前面有一张方凳，后面有一张旧藤椅。坐在藤椅上的人三十出头，乌黑的头发披着，长至肩头，宽阔而突出的额头，剑眉朗目，鼻梁高耸，目光炯炯有神。此人竟然有着美少女一样红润的脸色，俏佳人一样的尖下巴，是典型的"男生女相"，不过眉目间充盈着英武之气，倒也不至于难辨雌雄。此人虽然堪称英俊潇洒，却让我想起了半年前在"漫展暴力案件"中屡次接触的几名男性同性恋嫌疑人。于是我暗自思忖，这张脸和这头秀发，如果配上《霸王别姬》中虞姬的扮相和行头，恐怕不比张国荣演的虞姬逊色吧。此人穿着泛黄的白大褂，双臂支在桌上，双手合拢，十指交叉，一脸安然地看着我和老杜。

距离桌子稍远的地方，放了一张窄小的单人床。床上铺着白床单，床单已经泛黄，床头的枕头也塌陷了下去，床边还有一盏落地灯，灯罩已辨不出颜色，显然这是给病人使用的床。

再往里看，有一个白色布帘，布帘拉着，看不到里面，不过从布帘底端的缝隙可以看到一抹水泥地面。也许里面还有其他病床，也许是主人居住的地方。

老杜冲藤椅上的男子微微笑了笑，问："是小医生吧？"

男子轻轻点头，面露微笑，眼含暖意。在我看来，这张脸和善可亲，不像心怀恶意之人。

老杜紧走两步，坐在桌子前的方凳上，仿若松了一口气，说道："小医生，可找到您了。"

说着，老杜掏出手机，翻出徐锋发来的彩信，彩信上是一张照片，当然坐在老杜对面的小医生只能看到手机的后壳。老杜把手机递给我，急切地说："赶紧，赶紧，给小医生读读潞州医院的诊断书。"

我说老杜啊老杜，你这演的又是哪一出？这两年你可没少给我出难题，你就不怕把我为难疯了，把案子办砸了？

好吧，我明白了，你就是要告诉我，这就是魏明轩。那好，你要我演，我就演给小医生看，反正前些日子刚陪你去医院做过核磁共振，那张诊断书的内容我还记得，不过这医学术语我可记不清楚了……

"五叔，这医生的字太难认，当时医生就说你右侧髋关节有积液……"我盯着老杜，一边说一边想：这丹华县公安局也真不给力，难道只有魏明轩上大学之前的照片吗？还好手机里那张青春年少的脸，和我面前的小医生差别不大。要是这魏明轩身材走形、中年油腻，还真认不出来。这应该就是魏明轩，除非他还有个小他十多岁的弟弟。

"五叔，潞州医院不是说了，你的腿问题不大，只要少活动，多静养就好了……"这皮球，我得回踢给老杜。这番探询只能由他来担当，我是绝对拿捏不好的，如何让小医生承认自己就是魏明轩，如何探出小医生和白羽飞的关系，如何发现更多的线索，我完全没有头绪。

老杜瞪了我一眼，拿回了手机，气鼓鼓地嘟囔："谁疼谁知道！机器能看出啥病？潞州医院给我开的不是止痛药就是膏药，吃了贴了就不痛，不吃不贴就疼，难道我这下半辈子就得天天吃药、天天膏药不离身？"

说完，老杜转向小医生："小医生，人家都说您手到病除，您给我看看，这髋关节积水到底是什么毛病？我这一走路就疼，我总不能就因为这点毛病，就天天躺着不下床吧？"

这小医生不慌不忙，微微一笑，右手朝那个灰黑色的小枕头指了指，于是，老杜就把右手手腕搭在了脉枕上。小医生不动声色地把脉，然后又示意换另一只手。我在一旁看得眼睛都快直了：老杜，你不会真的来看病了吧？

片刻之后，小医生恢复了双手合拢、十指交叉的姿势，问老杜："你年轻的时候是不是受过寒？"

老杜思索了片刻，答道："我倒是没觉得自己受过寒。"

小医生笑了笑，抓过手边的本子，拿起笔就准备开方子，落笔前，他抬头问："姓名？"

"杜五。"

"哦？武术的武？"

老杜点头。

"你方便熬中药吗？"

老杜摇头："每天熬药，太麻烦了。"

　　小医生略加思索，放下了笔，问："那你可以保证每天贴膏药，贴上三个月不？"

　　老杜点点头。

　　于是小医生从笔架上取下一支毛笔，在砚台里蘸饱了墨，在毛边纸上写了一行字："髋关节积液，狗皮膏药三个月，八十一个月。"然后大笔一挥，在纸的最下方写了个数字——240，便把这张纸递给了老杜。

对峙

白 夜 救 赎 之 王 族 星 座

看着小医生递过来的这张纸，我是又想笑又惊讶，笑的是：这小医生要真是魏明轩，那便是从小学医不精，大学四年白上，这方子开得简直比江湖郎中还差劲，连个药名都没有，这不是糊弄人吗？惊的是：这小医生的字倒是写得落落大方，我还从未见过哪个医生用毛笔开方子，还写得如此苍劲有力。

小医生冲老杜浅浅一笑，说："信我就先交一个月的钱，三天后来拿药，不信，就另请高明。"

老杜微微皱了皱眉头，眨眨眼睛说："我信。另外，小医生，最近有人给了我点保健品，说是丹霞山的白花铁皮石斛，还说是野生的，从悬崖峭壁上采的，特别特别珍贵，这东西怎么吃啊？"

小医生眼睛一亮，嘴角上翘，答道："要真是红米，那你还真有口福。千古一仙草，石斛有奇效，这铁皮石斛和天山雪莲、三两重的人参、百二十年的首乌、花甲之茯苓、苁蓉、深山灵芝、海底珍珠、冬虫夏草并列为中华九大仙草，尤以铁皮石斛为首。而这丹霞山的野生白花铁皮石斛，又是铁皮石斛中的珍品，只在悬崖峭壁间生长，俗称红米，非常难采……"

有人送老杜这么稀罕的玩意儿？我怎么不知道？不过这个问题倒打开了小医生的话匣子。

············

后来，老杜和小医生从铁皮石斛聊到了养生。小医生建议老杜多锻炼身体，老杜说自己年轻的时候一直想去少林寺学武功，一直到现在，人都老了，都没能如愿。

我在一旁越听越懵，老杜今天是怎么了？还真的是聊性大发，办案不办案，先过过嘴瘾？

这小医生倒也有趣，待人温和，非常亲切，洒脱自然，毫无违和感。他甚至建议老杜，如果住得不远，可以每天早晨六点到顺河公园东门去找他，一起锻炼身体。小医生还说，自己略通武术，有兴趣的话，可以一起练练拳脚，也可以一起舞剑。

老杜频频点头，大有相见恨晚之意，问起小医生的年龄和姓名。

直到此时，我这才长出一口气，看来老杜今天是真用心，这弯儿绕的，都快绕到小医生的姥姥家去了。就在老杜和小医生聊天的时候，我还给徐峰发了个短信，询问丹霞山在哪儿。徐峰迅速回了，告诉我丹霞山就在魏明轩的老家广东省，看来老杜是有备而来。

"嗨，大家都叫我小医生。年纪嘛，肯定比你小点，你是老大哥，老大哥看得起，就常来坐坐，看不看病聊聊天，也给我解解闷。"

"好，明早六点，顺河公园东门见，不见不散。"说完，老杜掏下三百块钱，豪爽地说："别找了，您要能教我个三脚猫的功夫，我还得给您交学费呢！"

小医生笑了，"你别客气，你是北京人吧？这一口一个'您'的。我在这恭家堡也有几年了，从没见过你，也是跟着勘探队一起来潞州做基建开发的吗？"

老杜叹了口气，点点头，说："是啊，要不是白领队活不见人死不见尸，我怎么会被派到工地上来？"

只见小医生的眼神闪过一丝冷峻，可瞬间便恢复了之前的平和。

小医生幽幽地问："这么说，你是来调查的警察？"

我的心刹那间提到了嗓子眼里，这——

老杜，咱们是不是打草惊蛇了？依我看，你演得还不错，江湖气十足，颇有点包工头的架势，怎么就被这小医生给看穿了？

老杜却没有正面回答小医生的问题，而是问："您也认识白队长吧？"

说到这里，我们已经下了长途车，坐上了开往勘探现场的公交车。

海生问："小医生就是魏明轩，没错吧？"

我点头。

海生说："那从你们进门的那一刻，他应该就认出了你们。"

"嗯？"我皱起眉头，疑惑地看着他。"照你这么说，小医生开出那么粗糙的方子，又和老杜唠叨那么多，完全是在演戏？"

海生点点头。

那天，面对老杜的提问，小医生的回答非常自然，他说："我认识白队长，工地刚开始勘探没多久，他就到我这里来看病，还向我推销杂七杂八的古董。"说这话的时候，小医生的脸上略有嫌恶之情。

"他怎么不舒服了？"老杜顺势问道。

"水土不服，拉肚子。这方圆二十里，用的不是自来水，是井水，初来乍到都容易拉肚子。也不用吃啥药，买几块村里磨的豆腐，吃上两三顿就好了。"说到这里小医生笑着对老杜和我说："你们谁要是觉得恶心，不消化，拉肚子，就去村头老王豆腐铺来块刚做好的热豆腐，吃完了，晚上就见好。"

"唉，我的确是来调查白羽飞的案子的。白羽飞是我的同事，自从孙队长接替了白队长的工作后，白队长的家属三天两头往局里跑，一坐就是大半天，呼天抢地地跟我们要人。这公安局又官僚得很，来了几拨人，也没查出个子丑寅卯来，没办法，局里派我和小肖来驻场，协助警方破案。你说我就一保卫处处长，小肖是行政，让我们来协助破案，不是赶鸭子上架吗？"老杜说得有板有眼、顺理成章。

"嗨，既来之则安之吧。人这辈子，就像那顺河里的浮萍，飘到哪儿是哪儿，开心一天是一天。"小医生说完，朝老杜身后挥了挥手，我这才意识到，不知何时，一位穿着厚实的棉睡衣、棉睡裤的大妈站在了老杜身后。

老杜并未起身，他叹了口气，用漫不经心的口气接着问："小医生，您医术这么好，字儿也写得这么好，还会拳脚，想必也有些来历吧？北京城里混事儿的多了去了，就您这本事，到哪家私立医院做大夫都绰绰有余，干嘛窝在这么一个鬼地方？"

"是吗？"小医生笑了，他直视着老杜，沉默了片刻，说："到哪儿不一样呢？都是扎根大地、面朝尘埃。这穷乡僻壤对于人生来说，也许更真实一些，至少可以停下来，仰望长天，看看头顶美丽的星空。人类在宇宙中渺小如尘埃，我们看到的一切，其实都属于过去，月亮是 1.3 秒之前的，太阳是 8 分钟之前的，北斗七星是 100 年前的。所以，即使住在果壳里，如果你愿意，也可以自以为是无限宇宙之王；所以，即便住在皇宫里，相对于宇宙，你还是一粒尘埃。"说完，小医生微笑着冲老杜做了一个手势，示意老杜起身，最后还补了一句："别忘了，明天早晨 6 点，顺河公园东门，我们一起练练拳。"

小医生的这番话让我颇为吃惊，为什么"我们看到的一切，其实都属于过去"？为什么"可以自以为是无限宇宙之王"，同时"还是一粒尘埃"？

这两年跟老杜一起办案，我最头疼的就是像小医生这样外表风平浪静的人。他们看起来毫无表情，甚至可以说过于毫无表情，然而也许，他们的内心正在翻江倒海。这样沉静的人，不管好坏，我都看不透，所以很容易被杂七杂八的线索误导，对这样的人产生不恰当的评判。

王与尘埃

白 夜 救 赎 之 王 族 星 座

当晚，我和老杜就小医生的这番话讨论了好久，现在想起来，想必当时老杜也像当下的海生一样，怀疑小医生的所有表现是不是有备而来，是不是演给我们看的。不过老杜和海生不一样，凡是没有确凿证据的推测，他大抵都不会轻易说出口。不过那晚，老杜对我说，小医生无疑就是魏明轩，因为他既没有否认与白羽飞认识，也提到了白羽飞向他兜售古董。除了这位小医生，这世间，再不可能有第二个各项特征都完全重合的魏明轩。

"你们就这样断定魏明轩与白羽飞的失踪有关？"听到这里，海生问道。

"不，当时老杜和我并没有确定魏明轩与白羽飞的失踪有关，只是觉得魏明轩频繁给白羽飞汇钱，未免有些蹊跷，就算是白羽飞的确卖给魏明轩很多杂七杂八的古董，也不至于有价值五万的古董；换一个角度看，倘若白羽飞手里真的有价值不菲的古董，那么这个案子也许还涉嫌监守自盗。"

"我倒是觉得，你们应该好好想想，假如魏明轩是嫌犯，那么见到老杜和你之后，他会怎么想，又会怎么做？如果魏明轩不是嫌犯，又会怎么想、怎么做？"

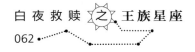
就在此时，老杜轻声提醒我们："到了，下车。"

第二天早晨6点，老杜去了顺河公园的东门。前一天晚上，老杜和我商定好，他独自一人前往，所以我没有见证他和小医生的第二次对峙。

后来老杜对我说，他先到了几分钟，远远看见一个男人宽肩细腰，头顶发髻，一身白衣，扛着几件硕大的兵器走来，还以为是附近剧团的武生来公园练功，直到看清了小医生的面貌，才禁不住倒吸了一口冷气。

小医生扛了三件兵器，一柄虎头枪，一柄青龙偃月刀，还有一柄长剑。来到老杜面前，他二话没说，放下兵器，先打了一套拳，热了热身，然后就开始挨个操练兵器。他先抓起虎头枪，上下翻飞，虎虎生威，干净利索地练了一套枪法；然后又拿起青龙偃月刀，这兵器虽然沉重，然而拿在小医生手里却毫无凝滞之感。只见他精神抖擞，气势如虹，行云流水，劈波斩浪。最后，他长剑出鞘，原来是雌雄双剑。只见小医生手持双剑，灵动迅捷，剑气交错，飞舞飘逸，双剑刚柔并济，在晨光中熠熠闪光，直看得老杜眼花缭乱。老杜说，虽然他不懂武术，看不懂刀枪剑戟斧钺钩叉，但小医生最后这套剑法，却让他禁不住击掌喝彩。抛却剑法的精准和力度不说，仅就小医生双手持剑腾挪转移的姿态，就足够惊艳。

老杜很少夸人，想必的确舞得漂亮。在我的想象中，晨光熹微，一个白衣男子，闪转腾挪，双剑翩翩，必然是一道绝好的风景。

这样的男子，让我不禁浮想联翩，如果小医生确凿无疑就是魏明轩，那么离家的这十多年，他究竟落脚何处？究竟过着怎样闲云野鹤般的生活？而他这样的男子，身边是不是蝶舞莺飞、花团锦簇呢？

练完了这三件兵器，小医生便开始带着老杜练拳。老杜也算有点基础，当初上警校的时候学过擒拿格斗，举手投足也有几分力道，站在小医生身后，也能有模有样地跟着打上一套。

老杜原以为，这个早晨，十之八九是一场智力和体力的较量。但小医生既无意和他一试高下，也没有提及任何与白羽飞有关的话题。就连老杜问及他何时学的武术，他都四两拨千斤，将话题转向风轻云淡之所。

小医生说："我其实并不喜欢武术，也不喜欢医术，我的梦想是做一名宇航员。可惜人生有太多羁绊，天不遂人愿。也许我此生终究没有机会飞离地球，穿越横贯天穹的银河系，去感受诡异的星云旋转，去触摸厚重的星际尘埃；也许我此生终究只能在夜晚仰望星空的时候，才能感受到花朵一样漫天盛开的繁星。

"人世间万物万事，莫不和这宇宙苍穹近似，比如我们眼中璀璨夺目的银河系，只与距离我们254万光年的仙女星系相配。而这仙女星系，也与银河系心有灵犀，它正以每秒300公里的速度，风一般向银河系飞来。本是情深万丈，奈何天各一方，虽然已是风驰电掣，牛郎织女喜相逢也是30亿年之后的事情了。而我们当下看到的炫目的仙女星系，已然是 250 万光年以前，它所散发的光芒。

　　"人虽为万物之灵，然而在苍茫宇宙间，不过是昙花一现，甚至连昙花一现都算不上，就烟消云散了。如果把整个宇宙的历史算作一年，那么所有有人类记载的历史，到目前为止，只占了这一年中的 14 秒，何其渺小。

　　"在这苍茫的宇宙间，渺小的人类永远是孤独的，我们又如何确知在某个遥远的地方，有人不早不晚正好在这 14 秒中来到地球，与我们相遇？

　　"很多时候，我们是看不见过去，也看不见未来的。我们眼前有大气层，如果地球没有了大气层，那么每天从东边升起的就不只是太阳，而是整个璀璨星系。

　　"对我来说，生活在有限的世界里，无限的宇宙视野并不是奢侈品，而是生存的必需品。

　　"然而在我看来最明亮最漂亮的仙女座和仙后座，终我一生，只能远观，无法接近。

　　"就算我拥有特斯拉跑车，一样也飞不出太阳系，就算我拥有无穷的伟力，也会在飞离地球的途中，被鲁莽的陨石撞碎，被迷路的外星人拐走……

　　"然而宇宙里有'机遇号'，人生也总有机遇，命运是注定的，无论有多少预定的路线和突然的改变，无论有多少岔路和歧途，兜兜转转，终究还是会走上那条路。

　　"我愿是荒凉人世的'机遇号'，就算一开始被设计成 90 天的寿命，仍要在猛烈的沙尘暴下苟延残喘，孜孜不倦地望向星空；我愿是沉睡多年的'旅行者1号'，哪怕已经远离地球，看不清来处，依旧在数十年后成功重启，再度复活，点火前进。就算最终的命运是永生漂浮，再无归路，也要在太空中守望，成就生命的里程碑。

"而我们当下的一切，其实早已是宇宙的过往云烟，追求意义本身就毫无意义，因为'存在'的存在，已经是一件极其浪漫的事情。正因为有了生命，有了情感寄托，才有了人生，有了浩瀚的宇宙中无可替代的你我。"

最后，魏明轩嘴角上扬，露出一丝玩世不恭的微笑，说："没有人可以剥夺我仰望星空的能力，即使被关在果壳之中，我仍旧可以自以为是无限宇宙之王。"

人生

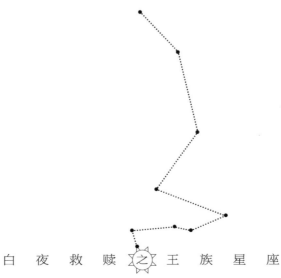

白 夜 救 赎 之 王 族 星 座

老杜说完这一早的经历后，剑眉紧锁，神色凝重。在这两年中，我还是第一次见他这样愁眉不展，从不喜形于色的老杜，今天是怎么了？

而这小医生，到底是个什么样的角色？他既然知道了老杜的来意，为何既没有撇清自己与白羽飞的关系，也没有贼喊捉贼，而是堂而皇之地舞枪弄棒，和老杜大谈宇宙空间，这究竟是什么套路？

难道，他扛了三件兵器来赴顺河之约，是为了向老杜示威？

难道，他和老杜大谈宇宙，是在暗示什么？

什么仙女座、仙后座，什么"机遇号"，什么"旅行者1号"，在我听来完全是天方夜谭。我只想知道，小医生到底是不是魏明轩？他从白羽飞手里到底买了多少古董？为什么要买那些古董？他最后一次从白羽飞手里买古董是什么时候？花了多少钱？那五万块钱的汇款，到底是怎样一笔交易，买的是什么物件？

然而这些，老杜统统都没问。

老杜在转述完小医生关于宇宙空间的长篇大论之后，沉默了好一会儿，最后幽幽地说："安子，看来这一次，我们是真的遇见高人了。"

"高人？什么高人？武术爱好者？天文爱好者？"

　　"不，他所表达的并不仅仅是宇宙，而是人生。"老杜长叹一声，低下了头，微驼了后背，缓缓地说："人生啊！"

　　"人生？"我暗想，也许这小医生的脑袋里哪根筋搭错了；也许魏明轩生在朱门，不谙世事，始终活在不切实际的幻想中。

　　老杜和小医生分手后，又独自在顺河公园里溜达了一会儿，貌似随意地和几个遛弯的老头聊了几句，这才得知，原来小医生的举动并非有意示威，而是每日清晨的必修课。几个老头都认识小医生，说自打小医生来到恭家堡，几乎每天早晨都到顺河公园来舞刀弄枪。不过小医生生性怪僻，不收徒弟，也不教人，能带人打套拳，这还是头一遭。

　　当天下午，老杜和我探讨了有关人生的问题，说实话，这完全不是我想讨论的话题。虽然我已经不再是六年前的莽撞青年，然而我人还未老，还有大把的好时光可以期待，还不想坐下来，为虚无缥缈的"人生"二字去浪费我宝贵的时间。

　　算起来，我认识老杜也快十年了，这十年间，在我看来，老杜除了多了几道抬头纹，似乎没有太多变化。这两年，我出狱后，随着他和海生的父子关系逐渐融洽，老杜的精神头儿倒是一天比一天好起来，背也不驼了，人也不蔫了，每日精神抖擞，热情地投入工作，像今日这样满腹惆怅地和我探讨人生，倒是稀罕事。

　　"安子，你有没有想过自己这一生，究竟要做什么？"老杜无限感慨地问我。

做什么？

我心中苦笑，这一生，我究竟要做什么，是自己能够决定的吗？

从出生的那一刻起，我就无从决定自己的来路，更无从决定自己的归途。

我就是一片浮萍，任由命运捉弄，如今我正在非常非常努力，拼命地纠正自己的人生。不管做什么，我一定要做个堂堂正正光明磊落的人，我的人生，仅此而已。

老杜见我不说话，微笑着摇摇头，叹了口气，说："是啊，你能好好地活到今天，就是奇迹，命运不由人啊！每个人生来是不平等的，可每个人的未来都是平等的，都可以朝着自己的目标，朝着自己的梦想去努力。那么如果有人剥夺了你的梦想，是不是很残忍？"

"你说小医生？"

"是啊。我昨天把小医生的照片发给了广东丹华公安局的刑警，经过亲属确认，确定小医生就是魏明轩，而且通过调查，也确定魏明轩的确从小习武。他小的时候，魏家尚未完全败落，看家护院的师傅武艺超群，打从他会走路就开始教他习武，直到他十几岁时，魏家彻底败落，师傅才离开魏家。"

"你的意思是，魏明轩之所以不再回家，就是因为有人剥夺了他的梦想？"

"应该是吧，如果我没猜错的话，魏明轩不仅不喜欢当年父亲给自己娶来冲喜的媳妇，也并不喜欢学医。他的梦想也许真的如他自己所说，是做一名宇航员。可惜天不遂人愿，最终还是以行医为生。"

"他就是含着金勺子出生的幸运儿，所以才会觉得天不遂人愿。他要是像我一样，从小跟着垃圾婆颠沛流离，哪里还会觉得这不如意那不如意？活下来就是最大的幸福！"说完，我撇了撇嘴，这样的富家子，在我眼里就是四个字：纨绔子弟。

不过我这番话，似乎戳了老杜的心，他冲我笑了笑，有点难为情地说："安子，是我对不起你。"

"嗨，你也是多心，我什么脾气你又不是不知道，我就这么一说，你别多想。不过这魏明轩不想回家，估计也是真心不喜欢他爹给他娶的媳妇，否则人家都给他生了一双儿女，哪有多少年不回家看看老婆孩子的道理？"

"年轻人有年轻人特有的残忍，中年人有中年人都有的苦衷。

"安子，我从十多年前就开始思考，我的一生，究竟要做什么，究竟为什么而活？

"我找不到目标，找不到方向，浑浑噩噩，唯一还有点兴趣的，就是做个缉毒警，办个案子，至少我的四个哥哥还在远方，至少这份工作还能让我想起他们，还能让我感觉自己还有家人。

"直到老武告诉我海生的下落，我才有了活着的信心，至少我还有个儿子，不管他是否与我相认，我总算有了盼头。

"后来我遇到了你，我觉得我得好好活着，因为我欠你的，欠你一辈子，所以我得赎罪，我得好好活着。"

"老杜，你又来了！"我摇摇头，"前尘往事我们就不提了好不好？当年你也是身不由己，何苦总是挂在嘴边？"

"后来我做了刑警，每每遇到案子，我都在想，嫌疑人为什么要犯罪？他活着的目的是什么？难道不想好好生活吗？不，不，这世间，只要看见过美好人生，没有一个人不想好好生活。没有一个男人不向往妻贤子孝、锦衣玉食；没有一个女人不渴盼举案齐眉、朝朝暮暮。嘴里说不想的，只是因为得不到。

"所以所有的罪犯，哪怕是一时冲动，都是因为欲望没有得到满足，所以采取了极端的方式。他们用不合法的方式，去获取物质上的满足，或者情感上的满足。

"所以，在研究犯罪动机的时候，一定要注意分析嫌疑人的心理，只有透彻地了解嫌疑人的心理欲望，才能真正弄清楚犯罪动机，也才能辨识出真正的罪犯。"

老杜，我服，绕来绕去，你的人生高论最终还是如何破案，万变不离其宗。我喜欢，我喜欢这样的你，你的梦想，你要做的事情，一定就是破案吧？像福尔摩斯那样，破解一个又一个悬案；像《名侦探柯南》里的柯南和毛利小五郎一样，将一个又一个罪犯绳之以法。

就像你自己所说："我要为自己而活，面对一场场生死镜像，我要竖一块属于我的丰碑，属于我杜长天的生死丰碑！"

等

白 夜 救 赎 之 王 族 星 座

那么，魏明轩到底是不是罪犯呢？

走在前往勘探现场的那段尘土飞扬的小路上，我问海生："你觉得魏明轩是罪犯吗？"

海生耸耸肩，不置可否。

老杜转过头，竟然重复了海生在公交车上所说的话："我们都应该好好想想，如果魏明轩是罪犯，他会怎么想，又会怎么做；如果魏明轩不是罪犯，那么又会怎么想、怎么做。"

好吧。在我看来，如果他不是罪犯，一定会急赤白脸地解释自己和白羽飞之间的关系，一笔笔说明给白羽飞汇钱的缘由，可他没有。

如果他是罪犯，一定会逃走，就算是最初他以为灯下黑，所以按兵不动，在遇见老杜之后，他还是会害怕，会逃走。

在有关人生的话题结束时，老杜这样说："这样一个如你所说含着金勺子长大的闲散之人，就算人生不得志，梦想未成真，也没必要和为稻粱谋的俗人一较高下，他有他的境界。而且众所周知，他身怀武功，医术高明，一般人不会轻易和他发生冲突，他也不可能冲动杀人。所以，如果他要犯罪，必定有更深层次的动机。话又说回来，如果他真的想害死白羽飞，完全可以在药里下毒，他有本事让白羽飞的死看起来更像自然死亡，而不必制造这样的失踪案件。

再说白羽飞是死是活尚不能确定，不着急给小医生定罪。不过他的医术还真不错，我仔细想了想，我这腿年轻的时候可能还真受过寒。那时候为抓毒贩，常常在坑道里蹲着，一蹲就一宿。当时年轻，不觉得，现在想起来，坑道里的确阴冷。"

我倒是想不出这个魏明轩会有什么更深层次的动机，老杜说他是高人，说他不是世俗之人。好吧，就他这样风轻云淡的人，连媳妇都不爱，孩子都不管，老爹都不看，就算医术高明，也没啥良心，更不可能有什么国仇家恨，有什么爱恨纠葛。

在我想来，也许就是白羽飞卖了他太多赝品，骗了他太多钱财，又不退款，所以才发生冲突。冲突的结果是什么？就是白羽飞活不见人死不见尸，人间蒸发了。

当然，我这个拍脑袋的推测不能告诉老杜。这两年，老杜一次次告诉我，没有确凿的证据，不要妄下定论。

在和我讨论完人生之后，老杜决定立即去找小医生魏明轩，他打算和魏明轩再次讨论宇宙。他也认为，魏明轩只字不提与白羽飞之间的关系，必定有内情。

当晚，当我们再次抵达小医生的诊所时，天已经黑了，诊所亮着灯。挑开厚重而肮脏的蓝布棉门帘，屋内一切如常，还有一位大妈坐在那张窄小的单人床上等待。

我走过去，坐在单人床的另一头，老杜踱到门旁的墙壁前，看起了墙上张贴的《标准经穴部位图》。

等了大约一刻钟，我有点着急了，就问旁边的那位大妈，"大姐，小医生去哪儿了？"

"不知道，可能是出诊了，我来的时候他就不在。"

"您来多久了？"

"比你们早来十多分钟吧。"

就在此时，我发现老杜的目光落在了桌子上，眉头略微皱起。

有什么异样吗？

咦？好像少了点什么。

少了那本厚厚的书，叫什么画谱来着？

一得阁墨汁旁边的砚台不见了。

笔架下面写着"吴昌硕篆刻刀"的朱红色盒子也不见了。

可这又有什么关系呢？也许小医生收起来了。

然而老杜却向前走去，一直走到房间最里面，白色的布帘前。

就在那一瞬间，我的心突然提到了嗓子眼里，脑海里出现一幅可怕的画面。

老杜是不是要拉开布帘？

布帘后是不是有一张床，床上躺着已经魂归九天的魏明轩，抑或横着已消失数日的白羽飞的尸体？

果不出我所料，老杜一把拉开了布帘，还好，布帘后的景象，并没有我想象中的凶险。

一切太平，的确有一张铺着干净的白色床单的单人床，不过上面只有被褥，并无尸体。

床头前方有一块巴掌大小的空地，空无一物；在床尾不远处的墙上一人多高的地方，钉着可伸缩的木头衣架，衣架上挂着外套、衬衣，还有白大褂。旁边有一个单开门的木质衣柜，衣柜顶上搁着魏明轩的几件兵器。而在衣柜和床尾之间的空地上，竟然放了一个硕大的石槽。

只见老杜倒吸一口冷气，低声说："魏明轩，也许跑了！"

我和老杜在诊所里灰溜溜地等到晚上 9 点钟，老杜才走出诊所，在附近溜达了一圈。

这条街上的店主多数都住在店里，所以大多很晚才关门。老杜从诊所左边的小超市买了一包烟，又从右边的茶叶店买了二两铁观音，打听到小医生下午还在。

他又到对面的五金建材店买了一小管 502 胶水，到"二孬车行"问了问电动车的价格，便打听出小医生大约在傍晚时分，天色暗下来之后，拎着一个旅行包出了门。因为小医生从来不用手机，所以要找小医生看病，只有等他回来。

老杜还说，他跟五金建材店的老板多聊了几句，老板是那种夸夸其谈自以为是的中年油腻男，说小医生曾经在店里买过很特别的螺丝，后来因为不合适，还来换过两次，究竟是什么东西的配件，小医生也没说。老杜还特意买了一颗那样的螺丝。

"二孬车行"的老板二孬的媳妇也跟老杜唠了几句闲磕。二孬的媳妇在店里待得憋闷，一抓到人就喋喋不休，她说小医生也不是第一次拎着那个旅行包出门了，他几乎每星期都有一两个晚上，在天黑之后拎着那个包出门。二孬没事的时候常常去小医生那儿聊天，小医生说是去野地里看星星。不过二孬他媳妇说，每次小医生去看星星都会关门关灯，这次没关门，也没关灯，倒是有点奇怪。

恭家堡的夜晚静谧而沉寂，只有零落的狗叫声划过夜空。在这个月朗星稀的夜晚，魏明轩真的去看星星了吗？他还会回来吗？

他为什么不关门，也不关灯？

是在等我们来？

还是空城计？

那晚，我和老杜坐在小医生的诊室里，在不安地等待中，分析了无数种可能，从白羽飞聊到了魏明轩，从勘探现场聊到了宇宙空间。老杜还在拉开的布帘后转来转去，打开手机的手电筒，仔仔细细地对着地面、墙壁、石槽和床下研究了半天，采集了各处的指纹样本。

在魏明轩的床下，除了几个摆放整齐的鞋盒，还有一些大大小小的纸盒儿。纸盒里有各种各样的玩意儿，有黑檀手链、红玛瑙项链、金刚菩提手串，还有九眼天珠吊坠、玉石貔貅、翡翠佛像、三彩三足炉、铜镜、陶俑、陶壶、瓷枕、带钩、骨簪，还有一些老杜说不出名字的玩意儿。除了这些纸盒，床底下还堆着几件木器，有浮雕云龙纹的木坐斗，花卉纹的斗拱，海棠纹的斜窗、支摘窗，蝙蝠纹的窗格，虽都不是什么大家伙，却也把床下塞了个满满登登。

看来魏明轩这条线索是坐实了，他还真从白羽飞手里买了不少

东西。

　　也许那最近的一笔大额交易，就是这巨大的石槽。至于这些东西究竟是不是古董，老杜说不上来，但至少这么多东西摆在这里，说明魏明轩和白羽飞之间必定有密切的关系。

雾里看花

白 夜 救 赎 之 王 族 星 座

最后，老杜把玩着那颗螺丝，指着布帘后单人床床头那块巴掌大小的空地，疑惑地说："安子，莫非魏明轩真的去看星星了？你看，这里有三个摩擦点，很像望远镜三脚架的支点。魏明轩那么喜欢宇宙，还常常拎着旅行包去野外看星星，还在五金店买过这样的螺丝，看来他应该有一架不错的天文望远镜。"

老杜当年也有一架单筒望远镜，也常常在暗夜里支起它，窥探这个世界，想必他的推测也有所依据。

"可他不应该这么晚不回来啊，这都后半夜了。"倦意袭来，我不禁喃喃地说。

"这倒很难说，我但愿他只是去看星星了，并没有跑路。这样的男人，不应该犯罪。"老杜不无怜惜地说。

"这样的男人？怎样的男人？风度翩翩、超凡脱俗？老杜，你说过，面对任何一个涉案人员都要理智，不要被情感蒙蔽了双眼，是否犯罪与容貌无关，与学历无关，与出身无关，与能力无关，与是否善良也无关……"我小声嘟囔。

"可他不是那种很暴力的人，也不像会被突如其来的愤怒控制，与人发生面对面的冲突。"老杜沉思着。

"老杜，也许你想得太复杂了，也许问题的答案并不在魏明轩身上，而在白羽飞身上。是你告诉我的，被害人之所以被害，是因为有'被害人性格'。白羽飞正是典型的'被害人性格'，显然他想和所有人交朋友，但是可悲的是，所有人都不喜欢和他交朋友，因为他'人尽可妻''人尽可坑'。所以他的失踪，多多少少也算'恶贯满盈'，他的答案应该就在他自己身上。

"在我看来，魏明轩和白羽飞的关系已经显而易见。如果今晚魏明轩跑路了，那他就是罪犯；如果他没有跑路，那么我们也许该换个方向调查了。说不定白羽飞只是遇到了一个比他更加心狠手辣的盗墓贼，反正他很容易树敌。"

老杜看着我，轻轻地摇了摇头，沉吟片刻，低声说："白羽飞是很容易树敌，但与他为敌的都是些古董贩子，或者探工，这样的人一般不会杀人，就算他们有犯罪动机，但是希望白羽飞死掉和动手把他干掉是两码事。就像你路上遇到一只恶狗，它咬住了你的裤脚，你好不容易才跑掉，还毁了一条新裤子，你当然希望那条恶狗早点死掉，但是你恐怕不会自己动手，找到那只恶狗，把它弄死。

"所有案件，十有八九都与被害人的性格、罪犯的性格以及案发时的环境有关。因为被害人是某种类型的人，才会遭遇案件；因为罪犯是那种类型的人，才会做出那样可怕的事情。

"当然也不是绝对的，那些看起来不具备罪犯性格的嫌疑人，也可能有犯罪激情。激情有很多种，有些是我们难以猜测，甚至难以理解的……"

好吧，老杜，我承认你经验丰富，可当下我们该怎么办，静观其变？

一直等到天光大亮，魏明轩终究——还是没有回来。

这多多少少让老杜感到有些失望，不过，在长叹一声后，老杜便拨通了潞州公安局的电话，告知负责此案的刑警，找到了嫌疑人魏明轩的住处，而魏明轩已经逃逸，请对方迅速派人勘查现场。潞州公安局的刑警抵达后，清查了现场，清点了有关物件，并将老杜在魏明轩的诊所里采集到的指纹样本迅速送到潞州公安局。

当下下午，我们就接到潞州公安局的电话：在诊所里那些古董上采集的指纹中，有一些与白羽飞的洛阳铲上的指纹比对结果一致。也就是说，那些古董应该就是白羽飞卖给魏明轩的。

由此可以确定魏明轩与白羽飞失踪案密切相关，于是潞州公安局迅速将魏明轩的照片传给潞州火车站、汽车站和潞州附近的机场，请求协同拦截；同时派出警力，在潞州各个旅馆搜查，抓捕嫌疑人魏明轩。

说到这里，我们一行三人已经来到了勘探现场，望着一片繁忙的工地，海生问我："安子，你觉得魏明轩是凶手吗？"

"我承认，我也有些小小的遗憾，像魏明轩那样一个风度翩翩、超凡脱俗的男子，的确不应该沦为罪犯，可事实证明，他的确是白羽飞失踪案的嫌疑人。"我无奈地答道。

"是吗？"海生用鼻子哼了一声，说："安子，都到这个岁数了，你还是这么单纯，有时候最沉静、最寡言的人，却可能是最心狠手辣的人。"

"不，海生，你没见过他，他是那么干净一个人，他不会轻易和人脸红的，他不会是因为愤怒而发疯的男人……"我忙解释道。

"是吗？"海生笑了，笑容里满是宽容和爱怜，"我的小公主，你说的这个男人听起来很动人，但是再冷静的头脑，也无法对抗鬼迷心窍的激情。有时候脸上空空如也的人，内心却可能正爱得发狂，甚至爱到不顾一切。不是吗？我的宝贝？"

我有些尴尬地咳嗽了一声，低下了头。

海生，你在说你自己吧。

我承认，六年前，是我愚钝，看不到你的爱，可是我终究不还是用自己的青春，与你患难与共了吗？

海生，你就别再刁难我了。

抓捕魏明轩的过程也很蹊跷。当时，潞州公安局遍寻潞州，就差掘地三尺了，却还是没有觅到魏明轩的踪迹。一天后，附近沙城县客运段传来消息，在刚刚驶过的开往广东的某次列车停靠沙城站时，有一位乘客的旅行包被盗。这名乘客竟然就在火车停靠沙城站的五分钟内，下车找到偷走旅行包的窃贼，夺回旅行包，并赶在火车启动前登上了火车，速度之快让所有人惊叹不已。潞州公安局根据这条线索，调查了该趟列车上所有购票的乘客，没有找到魏明轩。最后，乘警在这趟列车上展开拉网式排查，最终在火车上抓到了魏

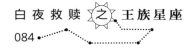
明轩。

　　然而，由于魏明轩拒不承认自己和白羽飞失踪案有关，所以只得暂时关入看守所。后经老杜再三提审，魏明轩还是不承认，老杜只得申请将嫌疑人临时寄押在石门监狱，等待公诉公审。

　　事实上，我也提醒过老杜，也许还存在一种可能，那就是在我们调查魏明轩的身份时，魏明轩的家人通过警方了解到他的下落，从而想尽办法传递消息，要他回家，所以魏明轩才踏上了开往广东的某次列车。然而这种可能性最终还是被忽略了，因为魏明轩走的时候既没有锁门，也没有关灯，而上车的时候也没有买票。如此行为，不是仓皇跑路，又做何解释呢？

　　然而老杜却问我："既然魏明轩已经逃走了，又为什么非要在列车上那么招眼地寻找旅行包呢？"

　　"他并不想招眼，但旅行包对他来说很重要，他那么喜欢星空，包里一定是他的宝贝望远镜，所以，他不能不找回来。"我如是回答。

　　最终，老杜还是摇头，"一定在哪里，有些事情我们还没有注意到，这个案子到现在，貌似已经接近尾声，却还是雾里看花。"

　　直到一周前，我们接海生出狱的时候，接到了徐锋的电话。

消失的女人

白 夜 救 赎 之 王 族 星 座

　　徐锋在电话里说，沈美玉失踪了，这是他从下属单位刚刚请求协助调查的案件中发现的，而沈美玉的失踪日期，竟然就是农历八月十五当晚。据沈美玉的现任丈夫海潮说，沈美玉八月十五下午出的门，按照惯例，她应该在晚上8点到家附近地铁站旁边的24小时便利店上夜班。然而晚上9点多，海潮接到便利店打来的电话，询问沈美玉为什么还没来上班。农历八月十六，沈美玉没有回家，也没有去便利店上班；农历八月十七，沈美玉还没有回家，也还是没有去便利店上班。农历八月十八那天，海潮打电话给辖区派出所，说自己的妻子已失踪三天。

　　事实上，接到徐锋电话的那一刻，听到沈美玉这个名字，听到农历八月十五这个日期，我和老杜的第一反应，就是沈美玉的失踪是否与潞州勘探现场失踪案有关？

　　沈美玉，也就是我和老杜在照片里见过的那个穿着皮草、露着大腿、满眼风尘的白羽飞的前妻。

　　徐锋后来还说，报案人海潮所提供的照片，和大广县派出所提供的那个穿着奢华皮草、露着大腿、眼神暧昧、风尘味十足的女子，在气质上大相径庭，但可以确定是同一个人，五官一样，身材只是比穿皮草的略微胖了一点。

　　于是海生出狱的第二天，老杜就着手调查了沈美玉失踪案的有关情况。徐峰也调动了一切力量，彻查沈美玉的来龙去脉。然而查来查去，只查到了沈美玉的来龙，却始终没有找到去脉。也就是说，从农历八月十五——白羽飞失踪的当晚，这个叫沈美玉的女人就像蒸发了一样，不见了。

  徐锋查到，沈美玉在和白羽飞离婚三年后，嫁给了大她十八岁的北京人海潮。海潮是满族人，地道的老北京，拆迁户，有三套房子，前妻因病去世，有一个儿子，结婚单住。海潮没有正式工作，靠开黑出租、低保和一套房子的房租生活。

  沈美玉在离家不远的地铁口附近一家 24 小时便利店上班，上的是夜班，每天晚上 8 点上班，早晨 8 点下班。夜班顾客较少，她的主要工作就是理货。

  老杜通过调查了解到，海潮和沈美玉的夫妻关系很好。婚前，沈美玉在便利店上白班，海潮几乎每天中午都到便利店给沈美玉送午饭，两个人认识两年才结婚。婚后，为了多赚点钱，沈美玉改上了夜班。

  便利店对沈美玉非常满意，在过去的几年里，沈美玉几乎从未请过假，就算偶尔感冒发烧，也会戴着口罩来上班，实在撑不住了，就在库房的小床上打个盹。而且一到节假日，她总是主动申请值班，以至于每年年底沈美玉的奖金都是所有店员中最高的。

  海潮对这个勤奋的妻子也非常满意。他游手好闲，每日养养鸽子、遛遛狗、遛遛旱龟，在小区里和老头们下下象棋、打打麻将，只是在每天傍晚送沈美玉去上班，每天早晨接沈美玉下班的时候，顺便到地铁口附近拉几个黑活儿。邻居们既没有听他们发生过什么争执，也没见过有男人或者女人到他们家来拜访。

这对半路夫妻的和睦甚至让海潮的儿子都颇为担心，怕老父百年之后，将除了自己住的那套房子之外的两套房子，都留给这个年轻漂亮的后妈。

如果仅仅是这些，还不至于让老杜萌发带着我和海生重返潞州的念头；在调取了沈美玉的银行卡的交易明细之后，老杜禁不住倒吸一口冷气。

沈美玉的账目非常简单，每个月只有三千多块钱的工资收入和零星支出。然而，在农历八月十六当天，竟然有一笔高达一万元的现金存入，是从自动存款机上存入的，而存入的地点竟然就是恭家堡农商银行！而从此之后，沈美玉的账户就彻底沉寂了，再没有任何交易记录。

当老杜告诉我这一消息的时候，我惊愕不已。

难道……

看来，沈美玉的失踪，必定和白羽飞的失踪有关。

当然，我也在瞬间脑补了沈美玉失踪案和白羽飞失踪案之间各种可能的关联。但不管是哪种可能，必须先深入调查，再做判断，而沈美玉失踪案的入口，必然是白羽飞失踪案。

于是，老杜带我和海生重返潞州。

好吧，就让我们重新开始新一轮的调查吧。这一次，让我们三个人，一起去查明真相。

此刻的勘探现场热火朝天，所有的勘探已经基本结束，一台台巨大的挖掘机正在铲土，一台台笨重的打夯机正在狠命地捶打地面，新建筑的基础工程已经如火如荼地开始了。

白羽飞住过的那间简易房还孤单地伫立在那里，貌似大家依旧很忌讳那片土地，连简易房四周用白灰圈起来的标记，都还隐约可见。

老杜先带着我和海生走进简易房，重新看了一遍白羽飞失踪前居住的地方。屋内落满了尘土，在我看来已经没有更多的线索可以挖掘。

老杜又拿出自己手绘的简易案件现场图和之前拍摄的一打案件现场的照片，在屋里踱来踱去，开始给海生讲解我们之前发现的细节和目前尚存的疑点。

老杜的窗户

白 夜 救 赎 之 王 族 星 座

老杜踱到窗边："你们看，这窗户最右边，也就是西边的角落，积了很厚的灰尘，甚至有结块的泥土。而最左边，也就是东边的角落，灰尘则相对较少。这个现象非常奇怪。"

上帝啊，老杜，你还在纠结那个有关灰尘的问题，难道绕来绕去，还要把我们拉回起点？

"老杜，窗户最左边的角落和最右边的角落灰尘厚度不一样，有可能只是因为风向的原因，或者经常朝某一侧推开窗户的原因。工地扬尘，自然条件和室内不一样，灰尘的多少不足以作为推断案情的线索。"我有些不耐烦。我们该做的不是去调查白羽飞和沈美玉的关系吗？怎么又回到窗角灰尘这些不足为证的细枝末节上？

唉，真是雾里看花啊，老杜，你迷糊了吧？

"不，就算是再小的细节，放过了，也有可能导致最后的错误。既然问题始终存在，那就应该从头仔细梳理一遍。"老杜斩钉截铁地说，"我们之前的拼图残缺不全，有些是模糊甚至错误的，以至于我们始终无法看清这起案件的整个画面，现在既然重新调查，一定要把每一块有价值的拼图弄清楚，摆正位置。

"你们看，屋顶被掀开了这么久，这窗脚的灰尘还是右边多，左边少。

　　"那么我们来分析一下，这间简易房在工地的最南端，门朝北，开在东北角，而窗户朝南，开在后墙靠西的位置上。按照潞州的风向，这座简易房设计非常合理，是避风的。潞州属于东亚季风区，冬夏风向相反，冬季是西北风，夏季是东南风。春季和秋季是冬夏的转换季节，也是季风的转换季节，冬季风、夏季风并存，既有西北风，又有东南风。那么门在东北角，窗户在西南角，不管是西北风还是东南风，都灌不进屋子里。也就是说，除非是类似案发当天那样剧烈的暴风雨，一般情况下，这间简易房还是非常牢固的。

　　"这间简易房一搭建好，白羽飞就住了进来，也就是说，他是在 6 个月前，也就是 6 月份住进的这座房子。当时是夏季，刮的是东南风。按照这间房子的结构来看，东南风从房后吹过来，应该把后墙上窗户的右侧，也就是靠西侧窗脚的灰尘吹走，但是也不排除灰尘堆积在缝隙里的可能性，但不管怎样，右侧窗脚的灰尘应该比左侧窗脚的灰尘少。

　　"但我们看到的情况正好相反。"

　　我承认，老杜非常老道，简直算得上上知天文下知地理，然而自然界并非理性的推理世界，它有自己随机的选择："老杜，我佩服你的细致入微。可你忘了，案发当晚，简易房的房顶被掀开，雨水灌注，而窗脚正好是泥水堆积的死角，这种情况下就很难说哪个窗脚的泥水会堆得多一些，这完全是随机的。"

　　"好吧，那你抬头看看房顶掀开的方向。"

"从东南向西北掀开。"海生抬头看了一眼，接过话茬。

"也就是说，当晚刮的是东南风，对吧？那么灌进来的雨水随着风势，应该先打在西侧和北侧的墙壁上，然后溅到南侧和东侧的墙壁上。而窗户在南侧，位置又偏高，窗脚堆积很多泥水的可能性并不大。"老杜笃定地说。

我轻声叹了口气，摇摇头，说："好吧，老杜，就算你说的是对的，这又说明了什么？难道有人故意清理了左侧窗脚的泥块和灰尘？"

"你们有没有想过，房顶为什么会被掀开？"

老杜的这个问题让我着实吃了一惊，"为什么会被掀开？难道你的意思是，并不是风掀开了房顶？而是有人故意毁坏了房顶，好让风把房顶掀开，毁掉犯罪现场？"

"这也不是没有可能，不过重点并不在这儿，而在窗脚的灰尘。"

天啊，老杜，你是不是有洁癖，反复在窗脚的灰尘上纠结，我真懵了，如果你心里早就知道了谜底，请告诉我吧，恕我愚钝。

我抽了抽鼻子，可怜巴巴地看着老杜。

"你的意思是，案发时，这推拉窗是开着的？正因为窗户开着，所以有风吹进来，而门是锁着的，所以室内的风无处可走，内外夹击，房顶就被掀了起来？"海生终于开口替我解了围。

"可我还是不明白，这跟窗脚的灰尘有什么关系？"我承认，我的脑子可能锈掉了。

"这个细节，海生只看到了棋盘上一条直线上的前炮，没有看到后炮。屋顶被掀开，的确应该和窗户开着有关，但最终的后炮，还是右侧窗脚的灰尘。也就是说，案发当日，简易房后墙的推拉窗应该是从右向左推开的，而且根据窗脚轨道缝隙里的泥块可以猜想，这个窗户应该是一直开着的。"

"什么？一直开着？"我惊讶不已，老杜这是什么意思？为什么白羽飞会一直开着后窗。

"你们都过来，仔细看看这窗户，再仔细看看这几张照片。看，这里是窗脚轨道的划痕，为什么这么多划痕都没有延续到轨道的最右端？为什么窗脚最右侧的轨道里堆积了灰尘结成的泥块？"

"因为这扇窗户一直开着，不过并不是完全推到左侧，而是从右向左推开一条小缝。"

"老杜，你够龟毛的，费尽力气从窗脚的泥块推测到窗户开了小缝，你想说什么，你想说有人从窗户爬进来吗？难道你没看见窗户上的防盗网吗？"海生幽幽地说。

老杜笑了，他看着海生点点头，又摇了摇头。

细思极恐

白 夜 救 赎 之 王 族 星 座

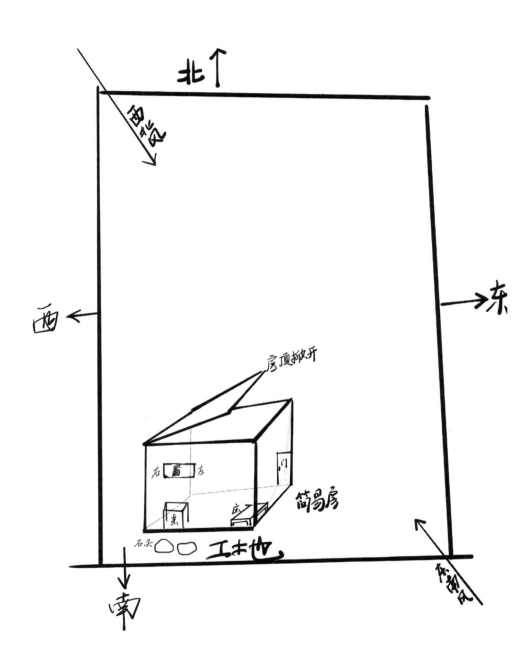

北↑

电线

西←

东→

房顶揭开

右 窗 左

门

东

床

简易房

石头 ⬭⬭ 工棚也

南↓

东南风

"不，等等，还有一个细节"，我盯着老杜的手绘现场图沉思了片刻，又在照片里翻找了半天，找出几张照片。

老杜曾在这张手绘图上标注了两个细节：一个是窗角的灰尘；另一个是简易房房后的石头。我找出的照片，正是房后不远处那几块较大的石头的照片。当时我以为，这是工地上夏季搭帐篷时用来压脚的大石头，因为只有简易房的房后背风，所以在这里搭帐篷最合适。而且勘探现场的石块都清理得差不多了，就算这几块不是搭帐篷用的，放在这房后，累了坐一坐，也属正常，不足为奇。

然而当下，细思极恐。我指着照片上的大石头说："老杜，我记得当时你还试着搬开了两块石头，石头下的土壤颜色和周围的土壤颜色相差不多。如果那两块石头一直在那里，石头下土壤的颜色就应该比周围土壤的颜色深很多，也潮湿很多。所以，也许这些石头不是随意扔在那里的，而是有人堆在后墙的窗下，案发之后又把石头搬开，扔到了距离窗户不远的地方？"

老杜终于冲我笑了，看来我的脑袋还没有完全锈掉。

"姑且认为有人把石头搬到了后墙的窗下，案发之后又把石头搬开，可他也不可能钻进屋子里，那么他用什么方法杀死了白羽飞呢？"海生皱着眉头，抛出了问题。

"等等，物检报告，物检报告在哪儿？"我伸手去掏老杜随身背的帆布包。

"安子，不用找了，我知道你想起了什么。物检报告显示，简易房内地面堆集的泥土中黄曲霉素含量非常高。也就是说，如果我们没有出现大的偏差，应该已经找到了嫌犯杀害白羽飞的手法，那就是——投毒。"

想到魏明轩是医生，要想弄到黄曲霉素，一定比常人容易得多，我突然觉得豁然开朗。我们应该已经找到了魏明轩杀害白羽飞的方法，当然前提是——白羽飞的确在当晚被害。

正当我打算跳起来抱着海生欢呼雀跃地大叫："我们找到了，我们找到了"的时候，老杜却皱着眉头，喃喃自语："为什么简易房的窗户一直开个小缝呢？"

"正因为魏明轩发现窗户开了个小缝，才萌生了投毒的念头，他搬来石头，堆在窗后，然后趁白羽飞不在时爬上去，从窗缝顺进一根树枝，树枝上沾着黄曲霉素，直抵白羽飞的水杯……"在我看来，这个推理相当完美。

不过我高兴得似乎有点太早了，老杜和海生显然认为这个推测存在极大的漏洞。

"像茶里下毒、糖里加砒霜之类的犯罪手法，应该是女人们爱用的吧？男人，特别是像魏明轩那样的男人，似乎没必要用这么诡秘的作案手法吧。他要想杀死白羽飞，只要三拳两脚，应该就可以置之于死地，或者直接在给白羽飞开的中药里下毒，又何苦这么费尽周折？"海生提出了这样的疑问。

"也许魏明轩就是这样阴险的人，他本身就长了一张阴柔的女人脸。而且你不是说，越是沉默越是不显山露水的人，越可能是最心狠手辣的那一个吗？"我反问海生。

"如果魏明轩一定要杀死白羽飞，那么应该先拿回钱，再杀掉他才对；人死了，钱就没处要了。就算魏明轩不是俗人，不计较金钱，也没必要先用投毒的方法杀死白羽飞，然后再费劲巴拉地把尸体拖走抛尸荒野吧？"老杜也提出了质疑。

"这种作案手法听起来的确有点冒傻气。安子，虽然你的推理听起来合情合理，然而对于魏明轩来说，要想在那样一个狂风肆虐、暴雨倾盆的夜里杀死白羽飞，什么手段都可以，反正暴雨会毁掉一切证据，完全没必要自找麻烦，先投毒再弃尸。再说，他凭什么就能确定，白羽飞肯定会喝水呢？当然，喝水的概率非常大，但白羽飞也有可能倒掉杯子里的水，涮涮杯子再倒上一杯。而施工方的另外两名工作人员随时可能回来，有可能进屋找白羽飞，也有可能会端起水杯喝水。魏明轩那么聪明，不可能想不到这些。他为什么非要用这种不确定的手法杀人呢？"海生认真地看着我，满脸疑问。

上帝，你们为什么非要把魏明轩看得那么聪明？

海生，你不是说，再冷静的头脑，也无法对抗鬼迷心窍的激情吗？

也许魏明轩就是被冲昏了头脑，也许他觉得这样做案最合理、最安全？

"好吧，我们先不讨论这个，让我们顺着这条线索来讨论沈美玉失踪案和白羽飞失踪案的关系。"我想，这才是当下最重要的正题。

"也许在沈美玉和白羽飞离婚后，二人始终牵扯不清。白羽飞失踪当夜，沈美玉就在现场，然而在白羽飞遇害时，她恰巧不在屋内，却窥见了魏明轩杀害白羽飞的经过，并以此勒索魏明轩。魏明轩妄图用一万块钱堵住沈美玉的嘴，却发现沈美玉欲壑难填，最终起了杀机，除掉了沈美玉，抛尸灭迹。

"第二种可能，沈美玉和白羽飞离婚后，二人始终牵扯不清。白羽飞在古墓里发现了价值连城的珍宝，便与沈美玉合谋，盗取了珍宝，然后一起远走高飞了。不过这种可能无法解释为什么在案发次日，有人在沈美玉的账户里存入了一万块钱，所以还是存在一定的不合理性。那么，第二种结局就有可能是白羽飞和沈美玉合谋盗取珍宝后，因分赃不均发生争执。白羽飞杀害沈美玉后，考虑到自己之前频繁的账户变动，便制造了沈美玉账户变动的假象，意欲嫁祸魏明轩，然后独自远走高飞。如果是这样，那么这起案件就与魏明轩没有丝毫的瓜葛了。"

我已经绞尽脑汁了，自认为这是目前最合理的两种推测，不管是哪一种，当下都能说得通。

老杜点了点头，略露赞许之意。

海生歪着脑袋，摸着他那刀刻一般的下巴，冲我微笑。

这一次，你们不会质疑我了吧。

不过就我本心而言，更希望是第二种可能。因为从情感上讲，我对魏明轩多多少少有些偏心。那么一个风流倜傥的男人，不应该成为罪犯。而照片里那个穿着皮草、露着大腿、满眼风尘的女子，在我看来应该不是什么正经人，和白羽飞这样的货色纠缠不清、同流合污，也算是情理之中的事。不过不管是哪一种可能，都足够让人骇然，投毒、暴力、分赃、嫁祸，如此种种，实在让人对人性失望。

落脚恭家堡

白 夜 救 赎 之 王 族 星 座

"不管是哪种可能，沈美玉的银行卡于农历八月十六日，也就是白羽飞失踪的次日，在恭家堡的农商银行存入一万元现金，至少说明她的卡当时在恭家堡。如果当时她不在恭家堡，卡又在谁手里，从何而来？如果当时她在恭家堡，那么肯定有人见过她，我们就能找到线索。"当下的老杜，第一次在此次案件中显示出满满的信心，可见我们应该已经接近谜底。

"如果沈美玉曾经在恭家堡出现过，那些热衷家长里短的大妈、大婶、小媳妇就不会一丁点儿都不知道。接下来，就要看你们俩的本事了。"老杜眯着眼睛，冲我和海生微笑，收起照片和手绘图，走出了简易房。

当晚，老杜带着我和海生住进恭家堡商业一条街，就是小医生的诊所所在那条街尽头的恭家旅馆。要说这恭家堡，到底还是乡村，旅馆不过是一所农家院，门口挂着手写的招牌——恭家旅馆，院子中间是一片空地，四周一圈屋子。

我们一进院子，就看见一个四五岁的小女孩在院子里跳皮筋，紧接着，走过来一个胖墩墩的中年女子。这女人大脸盘，大眼睛，蒜头鼻子，厚嘴唇，看起来非常壮硕，面貌敦厚。

她笑着迎过来，开口就问："要几间房？"

老杜答道："两间。"

"等等，我先看看房间。"我素知海生挑剔，还是先看看房间再决定吧。

那女人笑了，干脆地说："恭家堡就这么一家旅馆。"

那我也要看看，不可能只有两间客房，总有选择的余地吧。

这就是一个农家院，正面有三间屋子，左右各一间客房，屋门都开向中间的屋子。中间的屋子里摆了圆桌，看来被当作了餐厅。

胖女人引我们看了一左一右两间客房。屋里的暖气很足，花布棉被也很厚实，就在我们决定住进这两间客房时，有个大妈从院子西侧的厢房里端出饭菜，走进中间的屋子，放在餐桌上。

见此情景，我沉吟片刻，胖女人见我犹豫，忙说："可以做客人的饭菜，随时都可以做饭。"我转脸看了看海生，他咂了一下嘴，于是我问胖女人："还有别的房间吗？"

最后，老杜住在正面右手的客房里，我和海生住在院子东侧的厢房里。虽然厢房没有暖气，非常冷，但是我想海生不想住在正面的客房里，因为随时可能被门外吃饭的喧哗声打扰，毕竟这个院子里除了我们，还有胖女人一家人。

不过第二天一早，我就有点后悔自己的选择了，因为没有暖气，实在太冷了。还好有海生这个"火炉"可供取暖，否则我真的要像脸盆架上搪瓷脸盆里的水一样结成冰了。

起床后，海生问了我一个问题，倒是有点意思，他说："安子，你觉得，作为领队，白羽飞会容许自己住的屋子连窗户都关不严吗？"

看来他倒是热衷于老杜提出的那个细节，不过二人观察的角度不同。

见我没有答话，海生接着说："简易房夏天热冬天冷，这里的冬天这么冷，水盆里的水都结冰，如果连窗户都关不严，冬天怎么住？对于一个长驻工地的领队来说，不可能忽略这一点。所以，那扇窗户如果总是开着一条缝儿，那就一定是刻意为之。"

天啊，这个有关窗户的问题，着实让我有点心力交瘁，而且它完全不像沈美玉的失踪一样，能够吊起我的胃口，并且让我展开无限想象。还是让我们放下这块拼图，去大妈、大婶、小媳妇那里寻找沈美玉的线索吧！

这一天，老杜、海生和我兵分三路，各自寻找线索。

老杜的目的地还是勘探现场，因为之前的调查，老杜必然已经成为恭家堡的知名人物，所以他能够顺利地探查到有效信息的地方，恐怕只有勘探现场了。那些探工、新领队孙宏，还有工地上杂七杂八的人，应该多少还能告诉老杜一些有用没用的消息。

而我在恭家堡，也算半拉脸熟了。不过女人嘛，总比男人更让人容易接近些，也更容易让人放松警惕。所以我去村子里逛一逛，总能找到大妈、大婶唠嗑吧。

至于海生，他是个生面孔，最适合在商业一条街上溜达。就凭他那张大卫雕像一样精致的面孔，估计大姑娘、小媳妇都不会排斥和他聊上几句。就算有人知道海生是和我们一起来的，也不可能所有人都知道，所以他最有可能获取新线索。

然而没有想到，我在村子里转悠了一上午，也没和人搭上几句话。一则不认识什么人；二则坐在墙根织毛活儿、撸棒子、择菜的大妈看我的眼神都很警惕，想必我这张脸和我的"声名"，早已被她们在茶余饭后嚼了无数次吧。

临近中午的时候，我终于见到一个熟悉的面孔，就是在勘探现场见到的送餐小哥。这个活泼而热情的小伙儿离老远就跟我打招呼："美女，又来了？"

送餐小哥骑着电动三轮车来到眼前，车斗里装满了沉甸甸的餐盒，"还没吃饭吧？来一盒，我请客。"说着，他麻利地打开大塑料袋，拿出一盒递了过来。

根据这两年和老杜一起办案的经验，我发现，要想和陌生人迅速建立信任，客套、寒暄、询问、推托，甚至质疑，全都是反作用力，真正能够快速拉近距离的方法只有一个，那就是——真诚。实话实说、以诚相待，更容易获得对方的好感。

"你们公司在这儿啊？我昨天就来了，昨天晚上怎么没见你去工地送餐？"其实我非常不喜欢"自来熟"的感觉，油腻而不真实。

说着，我接过盒饭，从口袋里掏出二十块钱，递过去："够不？"

"嗨，说了请你，我又不是请不起。"送餐小哥的脸上写着乡村大男孩特有的豪爽。

"昨儿晚上我相亲去了，临时找人替我送了一趟。"他笑呵呵地说，略有些羞涩。

"好事儿，姑娘漂亮不？"

"特别漂亮，就是家里穷点。"说着，他眨了眨眼睛，露出一丝不易察觉的苦笑。

"嗨，穷点怕啥，两人四只手，还怕没饭吃？"我从车上抓了一双筷子，掀开盒饭就准备吃。真有点饿了，溜达了一上午，虽然刚到12月份，还没下雪，这里却冷得我直跺脚，先吃点暖和暖和。再说，当着送餐小哥的面吃，他必定会觉得我不见外，也就更容易轻松自然地聊天。

"唉，你不知道，这个村里的姑娘、媳妇，有一些都……"说着，他摇了摇头，叹息着欲言又止。

我夹了一筷子青椒肉丝塞进嘴里，又扒拉了一口又干又硬的米饭，抬起头漫不经心地问："咋啦，姑娘、媳妇们都咋啦？姑娘们就是谈过恋爱又咋了？都啥时代了，就兴你们男人谈一个又一个，姑娘们就只能谈一次恋爱啊？"

君子惜花花满楼

白 夜 救 赎 之 王 族 星 座

这个年轻的小伙儿被我说得有点窘，使劲地摇头："不是啦，美女，不是你想的那样，我才没那么封建，只是，只是……哎呀，你不知道。算了，不跟你说了，你是外乡人，再说人也被你们给抓走了。"

什么？这话什么意思？

"人也被你们给抓走了？"

难道，他说的是魏明轩？

难道，魏明轩在这恭家堡里……？

送餐小哥叹着气，准备启动电动三轮车。

"这饭还挺好吃，嗨，晚上你几点送，能给我留一份不？反正我得待几天，要不你给我算便宜点，我先订三天？"

送餐小哥一听，握在电动三轮车车把上的手不再拧动开关，问我："你爱吃啥口味的？我让师傅给你单做，价钱和工地上的一样。"

"那怎么好，老板会说你吧？"我故意向前探头，低声问他。

"没事没事，我就跟老板说，工地上来办案的警察要的，我也没撒谎吧。"说着，他嘿嘿一笑。

"成，先给你三天的饭钱，多少？"说着，我把手伸进口袋里。

"对了，你刚才说这村里的姑娘、媳妇，不少都和小医生有关系？"我掏出 200 块钱，递给他。

送餐小哥一脸紧张："嗨，嗨，你可别瞎说，这跟案子可没关系，白领队也没少祸害村里的姑娘，连我们老板的闺女都被他给睡了呢。人家小医生是抵诊费的，这没钱看病的，人家也不计较你是姑娘还是媳妇，就给你抵诊费，最多的能抵半年呢，好歹也有大几百，多的几千呢。再说人家也有人家的规矩，黄花闺女不抵，实在是眼看要没命了，没钱治病，央着他，才给抵，而且至少能抵一年的诊费带药钱。我见面儿的那个，他爹脑出血，躺了两三年了，要不是小医生给抵医药费，他爹早没了。唉，我能说啥啊……"

送餐小哥长叹一声，找了我一把零钱，然后启动了电动三轮车。临走还叮嘱了我一句："这可跟你们的案子没关系啊，你可别瞎说，毁村里姑娘、媳妇的名声。"

晚上，再遇见送餐小哥的时候，他果真给我带了一份不一样的盒饭。虽然也是鱼香肉丝，却和我以前在工地上看到的不一样，不是细碎的肉丝，而是厚厚的肉片，米饭也比中午的软很多。

我一脸开心地笑，边接过盒饭边问："嗨，你喜欢那姑娘呗？"

他瞪了我一眼，撇着嘴说："你们女人，就是八婆，我喜欢不喜欢关你啥事？你跟我唠这么热乎，不怕你老公揍你啊？"看来他已经听说了，昨晚我和海生一起住在恭家旅馆。

"嗨，他？就他那张脸，还不知招惹多少小姑娘呢！"我也撇了撇嘴。

"唉，你说你们女人，就喜欢长得好看的、有权有势的，先来了个小医生，又碰见个白领队，这恭家堡里，姑娘没几个喽，可惜我这个童男喽！"说着，送餐小哥一拧车把，飞驰而去。

当晚，老杜、海生和我一起坐在了恭家旅馆的东厢房里。我将今天的收获和盘托出，在我看来，这也算是个爆炸性新闻了吧？虽然对于此案，这个新闻可能并没有太大的价值，但至少对于魏明轩的人品，也是一个佐证吧。是不是可以就此把魏明轩定义为道貌岸然的登徒子，或者一个以看病为名玩弄女性的江湖医生？

不过听了我的新闻之后，海生一脸坏笑："安子，你也太低级趣味了吧？怎么就对这样的事情感兴趣。"

我被海生说得一阵脸红，辩解道："不是，不是，你瞎说，我只是碰巧听送餐小哥说起而已。"

老杜在一旁尴尬地咳嗽了一声，这让我更难为情了，我真的不是有意打听魏明轩的私生活，这不是正好听到了吗？

不过海生并没有继续这个话题，他说，他听二孬车行的老板二孬说，有不少人打过工地的主意，想从工地上揽点活儿干，八成还有人想从工地上偷点东西，不过二孬并没有说究竟是什么人想从工地上偷点东西。海生说，二孬是那种只认好处不认人的鸡贼男人，要想让他多说点，估计得花点小钱。

老杜听了，微微一笑，冲我点点头。

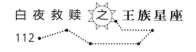

老杜也带回来一个颇为诡异的线索。

老杜说，工地上的探工都撤了，只留了三五个，以备不时之需。其中有个探工说，白领队失踪之前，大约三五天的样子，曾经看到过一个戴帽子的黑衣男人在工地附近转悠。因为常有人在工地附近闲逛，附近小区的居民也到工地来溜达，好奇地询问洛阳铲的用法，以及标注墓地的红布条的含义，所以对于探工们来说，看见陌生人也没啥稀罕。那天这个探工拉肚子，到白羽飞居住的简易房的侧面去大解，看见黑衣男人在距离简易房不远的地方朝这边张望。据那名探工说，黑衣男人穿的是一件宽大的黑色连帽风衣，帽子非常大，几乎盖住了整张脸，所以没看到那个人长什么样。

更为诡异的是，后来老杜就这个探工所说的黑衣人，跟八月十五当夜施工方的两名因为暴雨没能赶回勘探现场的留守人员做了核实，他们也说，在此之前，似乎也看到过穿黑色风衣的男人在工地附近转悠，不过在工地附近闲逛的人太多，他们当时也没太在意。

就此，老杜对我和海生说，既然有很多人在工地附近转悠，而那个拉肚子的探工正巧看见了黑衣人，而留守人员也对黑衣人隐约有些印象，那就说明，这个黑衣人肯定不止一次在工地附近出现。

次日早晨、我悄悄地在海生的裤子口袋里塞了五百块钱。我们走出旅馆，即将各自行动时，我才低声告诉海生这件事。我和老杜都知道，如今的海生，已经在很努力地改变自己，如果因为钱伤害了他的自尊，那就是我们的过错了。

拼图的一角

白 夜 救 赎 之 王 族 星 座

　　次日，我们三个人依旧分头行动。因为有了前一天的种种收获，所以这一天，我们相对有了一定的方向。当然，我们各自的方向是否有助于完成勘探现场失踪案的完整拼图，谁也说不清楚。

　　这一天，我打听到的消息，一部分来自送餐小哥；一部分来自一位独自在村口晒太阳，嘴里始终念念有词的大妈。

　　昨天我就注意到，村口有一位神神道道、自言自语的大妈。这个上午，既然跟村里的大妈、大婶、小媳妇唠嗑的可能性不大，我干脆就坐在村口的大石头上，看大妈站在村口的小路上，手舞足蹈地自说自话。

　　"没一个好东西，都要遭报应。

　　"祖上不积德，延祸到子孙。

　　"和你爹一个揍性，宁舍女人不舍财。

　　"虎毒还不食子，你把孩子往虎口里送，白叫你那么多年爹。

　　"好端端的孩子给毁了，你就那么缺钱？多少钱买得回来？

　　"自作孽不可活，这下人都不见影了吧？

　　"报应了吧？肚子里的娃娃不做怎么办？

……………"

这大妈五十不到，面容憔悴，眼神茫然，身材粗大，衣衫破旧，一看就是干粗活出身的农村女人。说她疯癫，倒也有几分清醒；可说她清醒，却又有几分混沌，显然不是一个精神十分正常的女人。

我听了半个上午，忍不住顺着她的话茬接了一句："谁家孩子毁了？"

不想一句话戳了大妈的心窝，她瞬间泪如雨下，大哭起来，边哭还边喊："我那苦命的娃啊！"

这一喊，吓了我一大跳，却见她并不看我，兀自抱着村口小路旁的大槐树，哭嚎起来。

我寻思着也快中午了，便起身往村里走，想着能碰见送餐小哥，拿了我的盒饭，顺便再聊几句。

还没走几步，竟看见送餐小哥骑着电动三轮车飞驰而来，可他从我身边路过的时候，并没有停下来，只是点头打了个招呼，说："等下啊。"然后径直骑到啼哭的大妈身边。

"姨，快回去吃饭，虎妞儿烧了黄花鱼，让我来喊你。"

"虎妞儿命苦啊！"说着，大妈愈加狠命地哭喊起来。

"姨，你要是不回去，虎妞儿不就更苦了？"送餐小哥在大妈身后嚷嚷起来。

大妈听了这句话，明白了几分，擦了擦眼泪，转身就往村里走。从送餐车的车斗前走过，还把刚擤了鼻涕余成一团的卫生纸扔在装了一摞摞盒饭的透明塑料袋上。

　　大妈走后，送餐小哥冲她的背影撇撇嘴，来到我面前，他打开塑料袋，把最上面一盒盒饭拿出来，递给我："快吃吧，今儿虎妞儿做了黄花鱼，我给你夹了一条。"

　　我心怀感激，接过盒饭："小哥儿，你人真好，等我回了北京，给你找个合适的妹子哈。"

　　"得了，甭找了，我昨天听了你的话，晚上回去给她打了个电话。

　　"她说她爹脑溢血又犯了，小医生被抓了，这次她爹没几天了，要是我有心，赶在她爹走之前，把婚订了。"快递小哥略带几分兴奋地说。

　　"好事啊！那就赶紧吧，哪天办订婚酒，姐给你上礼去。"

　　打开盒饭，上面躺着一条二三两的红烧黄花鱼，闻着都流口水。我后退几步，一屁股坐在村口的大石头上，边吃边问："哎，那大妈是谁？咋一个人在这儿，神神道道、骂骂咧咧的。"

　　"虎妞儿她妈，我们老板娘。"快递小哥一脸不屑。

　　"啊？敢情是老板娘啊？她脑子是不是有点毛病？"

　　"有啥毛病？就是舍了孩子没套住狼，心里亏得慌呗。也不是什么好人，当初要不是她撺掇老板去工地找活儿，虎妞儿也不会被白领队给睡了。现在白领队活不见人死不见尸，虎妞儿肚子里的孩子也做了，她能不骂街吗？

　　"对了，姐，你们城里人订婚，都给对象买啥啊？我寻思给我对象买个戒指，你说黄金的好还是白金的好……"送餐小哥热切地看着我。

"你对象喜欢啥？"

"喜欢啥？就见了一面，我咋知道。"小哥挠了挠头，想了想，又说："听他们说，小医生睡了哪个姑娘，就送哪个姑娘一块漂亮石头，石头上有他亲手刻的姑娘的名字。据说姑娘们都挺稀罕那石头，贼漂亮，大家都说那石头应该值点钱。"

"石头？小医生睡了多少姑娘？"这小医生倒有雅兴，想起他桌上写着"吴昌硕篆刻刀"几个字的朱红色盒子，想到此刻他已身陷囹圄，我突然感到一丝怅然。

"没有几十个也得有十几个吧。"小哥耷拉了脑袋。

"他哪儿来那么多漂亮石头？"我好奇地问。

"我咋知道？姐，姑娘们是不是都喜欢玉石啥的，要不我买个玉镯子给我对象做订婚礼？是不是比金戒指更讨她喜欢？……"

吃完午饭，我靠在村口的大石头上晒太阳，顺便打了个盹儿，结果还没醒盹儿，那大妈又来了。估计这大妈的日常工作就是在村口瞭望，用喃喃低语或大腔大嗓的抱怨和咒骂，击退妄图从村口闯进村子的游魂野鬼。

我等她骂够了，骂累了，就悠悠地接了茬儿。

"您说得太对了，报应迟早都会来。不报应到这辈子，就报应到下辈子；不报应到这一代，就报应到下一代。

"不过话又说回来，那姓白的不是不见影儿了吗？也算是遭了报应。"说出这句话的时候，我心里巴望着多少能听到一些有关白羽飞和沈美玉之间的消息，毕竟这大妈的女儿和白羽飞滚过床单，也许听到过、看到过一些有价值的事情。

"他？你想打听他的事儿？去问工地后头洗头房的洗头妹阿菁，那货恨不得一天到晚长在姓白的身上。"

我倒吸一口冷气，看来我还是太年轻，看不出表象背后的真实，这大妈清醒得很啊。

关于这阿菁，我一开始就做过大量的案头，完全是个胸大无脑的女人。与其说她骗白羽飞，不如说白羽飞骗她。白羽飞既没给过她钱，也没给过她东西，连洗头都从来不给钱，两个人每次一起去工地附近的小馆儿吃饭，都是阿菁付账。真不知白羽飞给这姑娘下了什么迷魂药，以至于如此任由他白吃白睡，却一无所求。

"那小医生呢？多少姑娘媳妇都跟他睡过，他不也进去了？"既然已经被看穿了意图，那我干脆就接着问吧。

大妈听完，向我投来鄙夷的目光："他？你跟他睡过？那种人，别指望他会爱上你。他就没有感情，一辈子不需要人爱，不需要情人，不需要老婆，不需要孩子……他最无情无义，提上裤子不认人，睡多少回都是抵账，都是交易。"大妈狠狠地说。

"他当真就那么没脸没皮？他从来都不遮不掩？"说这话的时候，我心里暗想，如果沈美玉银行卡上的一万元是小医生给的，那么恭家堡一定会有人在农历八月十六看到过小医生和沈美玉在一起。

"他藏着？他有没有藏谁，你应该去问二孬和他媳妇，那公母俩最门儿清。"

我知道，对于今日我打听来的，又是如此八卦的消息，老杜和海生必然多少还是会有几分不屑，但不管它多八卦，至少也能成为整个案件拼图的一角吧。就算它仅仅是魏明轩和白羽飞身上的一粒尘埃，也许也会像魏明轩所说，是组成整个宇宙的尘埃之一吧。

黑衣人之谜

白 夜 救 赎 之 王 族 星 座

没想到，当晚，老杜和海生对我带回来的这两条消息做了严谨的分析。

首先，海生问我，是不是要据此把送餐小哥的老板或者他的疯婆娘列为嫌疑人？毕竟他们的女儿被白羽飞祸害了。

我认为没有必要，因为显而易见，他们的确只是舍了孩子却没有套到狼而已，或者说，他们只是仅仅套到了兔子，心里不平衡罢了。

接着，海生又问我，是不是想推翻之前的定论，根据这些八卦消息，预判投毒杀害白羽飞的是个女人，而不是魏明轩。

我还是摇头。当然也有可能，在白羽飞祸害过的女性中，有那么一个，心存怨念，意欲投毒杀害白羽飞。但是即便是她投了毒，又如何在那样一个狂风肆虐暴雨倾盆的夜晚，将白羽飞那重达 160 斤的尸体拖到谁也找不到的地方，成功抛尸呢？

于是这两块拼图，我们暂且放下，只是老杜对小医生给姑娘们的石刻礼物有点兴趣。他甚至提出，如果有可能，最好可以找到一块那样的石头，研究研究。而我认为，老杜感兴趣的也许不是石头，而是小医生的篆刻手艺吧。

老杜今天去了潞州公安局，重新翻看了所有有关白羽飞失踪案的卷宗，并请潞州公安局帮忙调查各种细节，包括在农历八月十五前后，是否有面貌与沈美玉相近的女子在潞州境内出现或者住宿；还包括农历八月十六当天，恭家堡农商银行的监控记录，等等。不过根据他当晚的叙述，这一天似乎并无太多收获。

这一天收获最大的当属海生，他带回了有关黑衣人的消息。

海生一早就找到二孬，而二孬好像也料定海生会来，海生到来时，他正跷着二郎腿，抽着他媳妇给他卷的烟卷，得意洋洋地等待着。

这二孬就是孬，一副奸相，一直不肯说究竟是什么人想从工地上偷东西。直到确定海生的口袋里再也掏不出一张票子来，才将5张100元的钞票塞进上衣口袋，神秘兮兮地说："绝对有人想要买通白领队，从工地上偷东西。"

二孬还说，小医生说不定知道什么，不敢说，所以才被当成杀人犯给抓走了。二孬和他媳妇就住在诊所斜对面的车行里。二孬说，农历八月十五那晚，他看见有个黑衣人在狂风暴雨里敲开小医生的门，随后小医生在电闪雷鸣中出了门，冒雨跟黑衣人走了。

二孬还极其诡秘地说："说不定，就是那两个人杀了白羽飞。那两个人在白羽飞失踪两天前，也就是八月十三日中午，在白羽飞住的简易房外和白羽飞说过话，其中一个就是黑衣人。"

二孬说，那天，村里一个低保户听说勘探现场放了秋收假，便趁着中午头儿，开拖拉机到勘探工地的渣土坑去翻砖。这片废墟在开发之前是个村子，多多少少也有一些院落，那些被拆毁的房屋大都是红砖建造的，尽管现在房子没了，但渣土坑里尽是些半块的甚至整块的红砖。当下，一块崭新的红砖要三毛多，而渣土坑里的红砖不仅不要钱，经过使用后的红砖还更加结实，所以备受村民喜欢。平时工地人多，附近的村民不敢明目张胆地去渣土坑里刨红砖，可这放了秋收假，工地上只剩下几个留守人员，只要递上两包烟，规规矩矩地，别往里走，别走近那些红布条围起来的墓地，只在工地尽头的渣土坑里翻腾，留守人员也就睁一只眼闭一只眼，任由村民捡便宜了。

这个中午，这个低保户刨了一拖拉机废砖头往回走的时候，竟然鬼迷心窍，看工地上空空荡荡，一个人都没有，便想少绕点路，直接从工地上横穿过去，顺便看看那插着红旗的墓穴里到底有什么。

没想到，拖拉机走到工地中间，竟然趴窝了。工地中间还没打夯，密密麻麻布满洛阳铲探出的无数探孔，松软不堪，再加上连日来小雨不断，泥土湿滑，拖拉机便陷在泥坑里出不来了。

这下这个低保户可慌了，忙打电话给二孬，求二孬赶紧找个铲车把拖拉机给拉出来。

二孬是开车行的，虽然主卖电动车，可谁家有铲车，谁家铲车今天在家趴着，他门儿清，所以不一会儿，他就开着一辆铲车来救援了。在把拖拉机从泥坑里拖出来的时候，铲车的车头正好对着简易房的西墙，于是二孬就看见了站在西墙下阴影里的三个人。

二孬说，其实当时他也没太在意，因为白领队还是一贯的趾高气扬，还是一脸得意的笑容，而另外两个人背对着二孬，看不见脸。再说二孬本来就提心吊胆，所以拖了拖拉机就赶紧往回走。

倒是那个低保户心虚，特意跑过去给白领队递了两盒烟。二孬看见白领队收了烟，然后极不耐烦地冲低保户挥了下手，于是低保户就赶紧回到了拖拉机上。至于他有没有看清那两个人的长相，二孬不可而知。

两天后，白领队失踪，警察三番五次到工地调查，后来此事被住在恭家堡的探工们传得沸沸扬扬。二孬想到农历八月十五的晚上，在闪电的映照下，他看见一个黑衣人敲开了小医生的诊所，那人的身形与农历八月十三那天中午在工地上和白领队说话的那个黑衣人相近，衣服也一模一样，这才琢磨出点头绪来。二孬寻思着，一定是那两个人想买通白领队，从工地上偷点什么，比如盗墓之类的，结果被拒绝。于是在农历八月十五的晚上，那二人趁着月黑风高、电闪雷鸣就动了手，结果被白领队发现，争执中二人失手打死了白领队。接下来他们也害了怕，于是找来小医生，想救活白领队，无奈回天无力，最后只得抛尸。

二孬对于自己的推测深信不疑。然而虽然二孬好事，但摊上人命官司，他还真不想没事找事，主动去汇报。后来有一晚他出去玩牌，回来后媳妇跟他念叨，说小医生拎着旅行包去看星星了，门没关、灯也没关，还有个老男人大晚上跑到车行来打听小医生，二孬就不安起来。

　　小医生再没回来，后来听探工们传，小医生被抓了，说他杀了白领队。

　　这下二孬真害怕了，他猜想小医生一定是受到了那两个人的威胁，不敢说出真相，被警察误以为是他杀了白羽飞，所以把他抓了起来。

　　二孬因此担心起来，那两个人会不会因为自己看见了他们而杀人灭口……

　　所以二孬有意向海生透露了消息。不过二孬毕竟无利不起早，在得到 5 张 100 元之后，才将自己知道的一切和盘托出。

　　海生的这段叙述着实让我和老杜大吃一惊，看来，这黑衣人以及他的同伙是确凿存在的，那么，我们是不是真的冤枉了魏明轩，而白羽飞，是不是真的死于黑衣人及其同伙之手呢？

　　若果真如此，此案与沈美玉失踪案又有什么联系？为什么沈美玉恰巧也在农历八月十五失踪？而农历八月十六，她究竟是活着，还是死了？如果活着，究竟在哪里？又是谁，在她的银行卡里存了一万块钱呢？

那个讨厌的女人

白 夜 救 赎 之 王 族 星 座

　　海生带回来的消息着实让我和老杜心潮澎湃，真没想到，在白羽飞失踪案中，我们一直被困其中，找不到魏明轩谋害白羽飞的确凿证据，而如今，随着沈美玉失踪案浮出水面，我们又赴潞州，竟然收获了如此之多的新消息，使得白羽飞失踪案的真相竟然逐渐明朗起来。

　　虽然当下还不能确定那两个人，也就是黑衣人和他的同伙与白羽飞之死有确凿的关系，但是根据老杜和海生打听到的消息，可以明确地推断出，黑衣人和他的同伙必然在案发前多次在工地附近徘徊。而案发当夜，也就是农历八月十五那个月黑风高、电闪雷鸣、暴雨倾盆的夜晚，黑衣人与魏明轩见过面，魏明轩还跟着他出了门。也就是说，魏明轩必然有不曾告知我们的隐情。当然，世间也有一些让人叹为观止的玄妙的巧合，但是如果说这一切不过是巧合，魏明轩和黑衣人与白羽飞的死并无瓜葛，那就太牵强了。根据目前所有的消息推测，有可能魏明轩并没有参与谋害白羽飞，但是他应该知道究竟是谁害死了白羽飞，并且与黑衣人及其同伙在白羽飞被害当夜有过接触；也有可能是魏明轩在农历八月十五当夜谋害了白羽飞，被黑衣人及其同伙发现，然后黑衣人及其同伙与魏明轩进行了一场不可告人的罪恶的交易。

当然，以上推测，都建立在二孬的话完全属实的基础之上。

为了进一步落实案情，接下来我们根据前两日的收获，依旧兵分三路，继续寻找散落在潞州各处的有关此案的一块块拼图。

这一天，我去找了洗头妹阿菁。尽管我认为阿菁胸大无脑，可老杜还是坚持，不管什么样的人，只要和白羽飞有过密切接触，我们都应该去调查，很多时候那些让我们心跳的拼图，就藏在我们看不见或者被我们忽视的角落里。

而海生则顺着昨天的线索，去查访二孬提及的，农历八月十三开着拖拉机到工地的渣土坑去刨砖的低保户。

老杜接到了潞州公安局的电话，说已经调出恭家堡农商银行在农历八月十六的监控记录，请他去查看。

说实话，我对洗头妹阿菁这样的女人，始终心存不屑。

如果说通过调查，我认为白羽飞具备了"被害人性格"；那么通过之前有关洗头妹阿菁的案头工作，我认为阿菁具备"被欺骗性格"。

阿菁的确算得上漂亮，她是那种眼睛长在头顶上、胸口挺得高高的、走路都左摇右摆的女人。但我宁可和守在村口破口大骂的虎妞儿她妈聊天，也不愿和阿菁多说一句话。

在我看来，阿菁这样的女人其实最可怜，除了穿衣打扮，一无所知、一无所能，她们想成为或者自以为是全世界的焦点，是男人眼里的公主。殊不知男人像猫看见鱼一样向她扑来，不过是想吃她个豆腐，不过是想偷个腥而已。而这种姑娘竟然以招惹这样的男人为骄傲，以自己拥有多少男人的关注为资本，全然不知那些男人不过是在游戏人生，而你只不过是他蜻蜓点水般留恋花丛的一个目标而已。面对这样的女人，我唯一想做的，就是指着她的鼻子骂醒她。纵然我安晓旭从小跟着垃圾婆长大，也从未丧失过自尊，从未丧失过自信，从未相信过"笑贫不笑娼"的谎言。当年垃圾婆拼尽力气，和十一岁的海生一起，勒死了海生那可恶的人贩子"爸爸"，就是为了保护我，使我不至于丧失纯洁的童贞。垃圾婆带着我，就算颠沛流离，就算食不果腹，也从未让我丧失过做人的尊严。不过话说回来，虽说可怜之人必有可恨之处，但阿菁这样的女人也还是可怜之人。

阿菁见我走进洗头房，起身相迎，一脸虚假而谄媚的微笑，估计这里的大姑娘、小媳妇都已经知道了我的来历，所以阿菁对我的来意自然也就心知肚明了。

阿菁的洗头房很小，一间十几平方米的屋子，左边放了两把转椅，对面墙上挂着两面镜子，两把转椅中间有一个带轱辘的置物架，上面摆着各式各样的理发工具和瓶瓶罐罐。

屋子右边放了一张按摩床，这应该算是这间屋子里最豪华的设施了。按摩床上铺着带蕾丝花边的碎花床罩，上面整齐地摆放着罩着同色碎花被罩和碎花枕套的被褥，看起来温馨舒适，让人有种躺上去休息一会儿的欲望。按摩床一头有一个小巧的白色床头柜，上

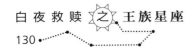
面放了高高矮矮几个细长的瓶子。

正对着门有一个水池，上面挂着淋浴龙头。

十二月的天气很冷，这两日我在恭家堡逛游，穿着羽绒服尚觉透心凉，而阿菁却只穿了一件艳红的紧身毛衣，下面是一条皮质一步裙，一眼看去就是"特殊职业者"。

她挤出一脸笑来，请我在按摩床上坐下。我也没客气，一屁股坐下，心里却想，这张床是不是曾经被很多人蹂躏过呢？

在阿菁面前，我实在想不出什么客套话，面对她那张白得像打了腻子一样的脸，红得像吃了生肉一样的嘴唇，我的内心就难免粗粝，于是开门见山，直接提及白羽飞的失踪。

"阿菁，你认识白领队吧？"

"认识啊，警察都问过我了，我都老实交代了。"阿菁一脸假笑，让我不忍直视。

"那你觉得，他到底去哪儿了？"尽管老杜曾经多次告诉我，不管问讯对象是谁，都要有理有节、注意分寸，可我觉得对于阿菁这样的女人，也许最直接的询问最有效。

"我怎么知道，我还想找他呢，他跟我好了这么久，怎么连个话儿都没有，就没影儿了？"阿菁也不避讳，转瞬间愁容满面，想要哭起来。她一无所求地跟白羽飞"好"了几个月，好歹也应该有点感情吧，白羽飞失踪了，她心里肯定也不是滋味。

"那我们换个角度，你觉得，如果白羽飞已经死了，谁最可能是凶手？"

"啊？死了？不是说没找到尸体吗？"阿菁瞪大了眼睛问我。

看来这几个月，有关白羽飞失踪案的点点滴滴已经被口口相传，翻了个底儿掉。

"白羽飞失踪快半年了，不排除死亡的可能。"

"说不定他独吞了什么宝贝，藏起来了呢？他那个人贼精贼精，以前还说要给我买钻戒来着。我看就是发现了宝贝，偷偷挖了出来，揣着宝贝逃跑了。"阿菁撇着嘴，愤愤地说。

"他跟你说过工地上发现了什么宝贝吗？"

"他说过有几个坟，不过没说有啥宝贝。再说他怎么会跟我说，他防着我呢，连跟人吃饭都不带我。"

这倒是，据我之前的调查，白羽飞和人吃饭的确从不带阿菁，两个人外出吃饭的时候，也总是阿菁买单。

"他都跟什么人吃饭？你知道吗？"

"还不是工地上那帮人。"阿菁撇撇嘴。

"他就没提过其他人吗？"

"警察都问过我了，白羽飞什么都不告诉我，我什么都不知道。你就放过我吧，好姐姐。"说着阿菁露出一脸苦相，向我靠过来，似要抓我的手臂。

我真怕她抓住我的手臂摇晃着央求我，赶紧严肃地咳嗽了一声，瞪了她一眼，她这才翻了个白眼，坐正了。

"你说你干吗要跟他好，妹子，他有老婆有孩子，你不知道啊？"

我装作语重心长，开始一贯的策略，拉近和阿菁的距离。

"我知道，可我也不知道为啥，他一丁点儿也不帅，还小气得很，可我就想跟他好。他是头儿，我跟他好，谁都得高看我一眼吧？"说着，阿菁的眼睛又长在了脑袋顶上。

"他老婆知道你俩的关系吗？"

"他老婆？他老婆去哪儿知道？打从他来工地，就没听他提过他老婆一个字。"阿菁哼了一声，晃着身子说。

"那他这几个月，就跟你一个人好，没招惹过别的女人？"我有点倒胃，实在恶心这样的问询，可想诱导阿菁说出一些白羽飞和别的女人的事情，乃至得到白羽飞与沈美玉之间的一些消息，也只能出此下策了。

"招惹别的女人？哼，我对他这么好，连吃个盖饭都我掏钱，他还想找什么样的女人？"显然，我的话戳了阿菁那畸形的自尊。

"那他也算对得起你了，萍水相逢，他能对你一心一意，也算你有魅力。"我为自己说出的这句话感到恶心，可也只能顺着阿菁的思路往下说，但愿能套出几句有价值的话来。

"啊……也不好说，也说不好……"阿菁眨了眨眼睛，言辞闪烁。

"哦？"我不动声色地看着她，莫非她知道白羽飞和虎妞儿滚床单的事儿？

阿菁像是看穿了我的心思，撇撇嘴，不屑地说："虎妞儿就不提了，送上门的肥肉谁能不吃一口？只是……"阿菁回忆着，停顿了片刻，"就在他失踪的前两天，应该是农历八月十三吧，他晚上过来的时候有点心不在焉，他说……"阿菁回忆着，停顿了片刻。

"他说什么？"我紧接着追问。

"他就说了一句：那个讨厌的女人。"阿菁说着，皱起眉头。

"那个讨厌的女人是谁？"

"我也纳闷，问他说的是谁，他不说。"阿菁轻声叹了口气，"我怎么也没想到，八月十五他就没影儿了。我还寻思，他是不是挖了宝贝，和他说的那个讨厌的女人一起跑了？"

那个讨厌的女人？这么说，白羽飞在农历八月十三之前，或者当天，应该还见过一个女人？

拒绝翻牌

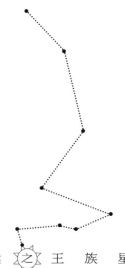

当晚，我和老杜、海生又一起坐在恭家旅馆的东厢房里，交换彼此的收获，老杜带回来一个让我们大为振奋的消息，那就是：

潞州公安局调出了恭家堡农商银行在农历八月十六的监控录像，在上午十时的监控录像里，有两个人一起到农商银行去存钱，竟然就是魏明轩和沈美玉！

魏明轩在前，沈美玉在后，魏明轩拿出现金来，沈美玉掏出银行卡递给魏明轩。魏明轩随后在自动存款机上，往银行卡里存了一万块钱现金。而且根据银行入账的时间比对，沈美玉名下银行卡在八月十六存入的一万块钱，时间就是二人在银行自动存款机上存款的时间。

这一发现让案情豁然开朗，我当即兴奋地对老杜说：

"看来我之前的第一种推测是正确的，魏明轩一怒之下杀了白羽飞，结果被沈美玉发现，沈美玉以此勒索魏明轩，魏明轩不堪勒索，最终杀了沈美玉。"

海生却在一旁摇头，说："安子，你说魏明轩为什么要和沈美玉一起去存钱，难道他不知道银行有摄像头吗？"

"这有什么奇怪？沈美玉逼着他去，他不能不去。"我回答道。

"你没明白我的意思，魏明轩如果真的杀了白羽飞，那么他应该避免暴露任何与白羽飞有关的线索。沈美玉的出现就是一条再明显不过的线索，他不应该这样做啊！"海生皱着眉头看着我。

"可如果我是沈美玉，我也会跟着魏明轩去银行啊，他万一跑了呢？再说魏明轩也采取了措施，你想，他为什么拿一把现金存钱，而不用银行卡转账呢？他肯定是怕沈美玉的账户上出现汇款人信息，从而暴露了自己。"我认为自己的分析有理有据，"所以，杀死白羽飞和沈美玉的，肯定就是魏明轩！"此话一出，我心大骇，那样一个风度翩翩的男子，那样一个俊美挺拔、超凡脱俗的男神，竟然是连环杀人案的凶手，我真是想都不敢想啊！

"别着急这么早翻牌，安子，我告诉过你，没有确凿的证据，不要妄下结论。"老杜终于开口。

"这还不是确凿的证据啊？农历八月十六，魏明轩和沈美玉同时出现在银行的监控录像里，这还不算确凿的证据啊？"我有点恼火。

"可黑衣人和他的同伙又是谁？安子，为什么黑衣人在八月十五的晚上找到魏明轩？"海生问。

"啊？哦……"我一时语塞，这黑衣人和他的同伙……

上帝，这父子俩什么时候变成一伙儿的了？为什么一起来刁难我这个不够聪慧的女子？

"那个低保户说，他的确靠近了那个黑衣人和他的同伙，不过当时也没敢细看。那个黑衣人身材瘦小，戴着帽子，低着头，看不到他的脸。而他的同伙正急赤白脸地和白羽飞争执，那个人低保户倒是看了个正着。不过低保户说自己当时特别紧张，也没注意他们究竟在说什么，只发觉那个黑衣人是个公鸭嗓。"海生幽幽地看着我和老杜，说出自己今天的收获。

白羽飞、魏明轩、沈美玉、黑衣人、黑衣人的同伙，这些人像影子一样缠绕在一起，让我头晕目眩。本以为这幅拼图已经拼好，我可以顺利翻牌，可老杜和海生却使劲地按住了我的手，拒绝我将大幕拉开。

"海生，这些照片给你，明天你去找低保户指认，看他能认出谁来？

"这是施工方的留守人员田大地，这是施工方的留守人员孙明军，这是探工一队队长陶金，这是探工二队队长高民军，这是打听机场在哪儿的探工李郎，这是送餐公司的老板常建设，这是白羽飞的弟弟白羽堂，这是白羽飞现在的老婆孙美娥……这是虎妞儿，这是阿菁……这是沈美玉，这是沈美玉现在的丈夫海潮……背面都有身份和人名。"

老杜把一沓照片一张张说完之后交给海生，又转向我："安子，你明天回北京，去沈美玉家和她上班的地方查找线索。"

说完，老杜从裤兜里掏出一块暗红色的石头来。

"那你明天去哪儿？"我边问边好奇地凑过去，老杜手里那块暗红色的石头有点特别，上面还刻了字。

"我去石门监狱，我倒要看看，他魏明轩还能扛多久？"老杜挑了挑眉毛，狠狠地说。

"这里的调查就这样结束了？"我忍不住问，从老杜手里拿过了那块石头。

天啊，这难道就是送餐小哥所说的那种魏明轩送给姑娘们的刻有姑娘名字的石头？

"你从哪儿淘换来的？"我惊奇地看向老杜。

老杜眯着眼睛，神秘地笑了笑，说："买来的，这石头有点意思吧？"

这是一块扁平的椭圆形石头，暗红色，石头上有褐色的圆形纹路，像大树的年轮一样非常清晰。石头的正反两面扁平，其中一面被打磨得非常平整，显出粗粝的石质纹理。在打磨过的断面上，刻着一个方块，方块里刻有三个字：王翠兰。

我好奇地说："这石头好稀罕，刻章的石头都是方方正正的，这个竟然是扁圆的，而且还有这么漂亮的花纹。"

海生从我手里拿过石头，仔细端详了半天，也开了口："这是哪儿捡的石头吧？"

"我小时候也喜欢捡石头，最喜欢捡鹅卵石，亮晶晶、圆滚滚的，特别漂亮。"我欣欣然地回忆。

"这不是鹅卵石，而且也不是所有的石头都能刻章。这种石头很罕见，不是魏明轩买来的，就是他从什么地方捡来的。"老杜皱着眉头说。

"恭家堡附近有山吗？"海生突然问。

"有，恭家堡向北走几里，就能走到山脚下，属燕山山系。"老杜答道。

"如果要观察星空，是不是最好到山上去？"海生又问。

"这些石头是魏明轩在山上捡的？"我接茬儿问。

"有可能吧。"海生若有所思地回答。

老杜也沉默地点点头。

第二天，我和老杜乘坐公交车离开了恭家堡。就在我们刚刚抵达潞州长途汽车站，准备坐车回北京的时候，我接到了海生的电话。

海生还是习惯凡事给我打电话，不管是否有关案情，他总会拨通我的电话。在海生和老杜之间总还是隔着什么，说不清也道不明，也许在他们父子之间，永远有一份难以化解的恩怨。

在电话里，海生紧张地说："安子，告诉老杜，低保户认出了黑衣人的同伙。"

"是谁？"

"沈美玉现在的丈夫——海潮。"

这个消息像一颗炸雷，在我耳边引爆，震得我半天回不过神来。

天啊，案情越来越复杂了，这究竟是怎么回事？

雄兔脚扑朔，雌兔眼迷离

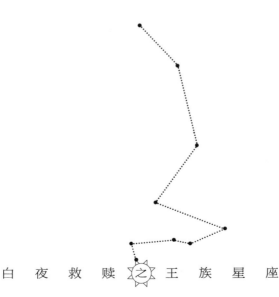

白 夜 救 赎 之 王 族 星 座

　　当我告诉老杜，低保户指认出和黑衣人在一起的另一个男人，竟然是沈美玉的丈夫海潮时，老杜的眉头拧了起来。他沉吟片刻，低声对我说："安子，你今天就去沈美玉家找她的丈夫海潮，这件事看来比我们想象的还要复杂。"

　　"那魏明轩，我们是不是抓错了？"我心里打鼓，低声问道。我突然心生一种更为可怕的推测，那就是沈美玉和现任丈夫海潮一起谋害了前夫白羽飞，而魏明轩才是旁观者。可如果是这样的话，魏明轩又为什么要给沈美玉汇钱呢？

　　"不见得，如果魏明轩和此案并无关系，只是一个旁观者，他为什么要逃走呢？而且如果我们认定他杀了白羽飞，那他必定就是死罪，有什么理由能让他在死罪面前还不开口为自己洗清冤屈、说出实情呢？所以他应该和此案有关。"老杜侧过头来看着我："安子，可能的话，多问问海潮的邻居和小区的居委会大妈，把海潮的家庭背景，之前的婚姻状况了解清楚一点，如果他是罪犯或者同案犯的话……"

　　"嗯，我明白，如果他是罪犯或者同案犯的话，应该有'罪犯性格'或者'同案犯性格'。之前不是了解过海潮吗？不是说他和沈美玉的婚姻很稳定也很美满吗？如果这两个人真的臭味相投，那么二人一起密谋杀害白羽飞，也不是没有可能。"我接着老杜的话往下分析。

"那么黑衣人是谁？"老杜看着我，嘴角浮现出一丝古怪的笑意。

"黑衣人？"我一时语塞，"也许黑衣人是海潮的同伙？"

在返回北京的长途车上，老杜沉默良久，最后他问我："安子，海生是不是说，低保户说农历八月十三和白羽飞交谈的两个人中有一个是公鸭嗓？"

"嗯，是啊。"公鸭嗓怎么了？我心中疑惑。

"你还没明白？"

"明白什么？"我一脸懵懂。

"你想，黑衣人和海潮在农历八月十三和白羽飞面对面交谈；农历八月十五夜，黑衣人找到魏明轩；农历八月十六白天，魏明轩和沈美玉一起出现在恭家堡农商银行。这之间难道没有联系吗？"老杜歪着脑袋，眯着眼睛看着我。

白羽飞、黑衣人、海潮、魏明轩、沈美玉，我试图在脑海里勾画出一副有关这五个人的人物关系图。白羽飞是沈美玉的前夫，海潮是沈美玉的现任丈夫，魏明轩是白羽飞的客户——即古董购买者，黑衣人和海潮在一起……这意味着什么？

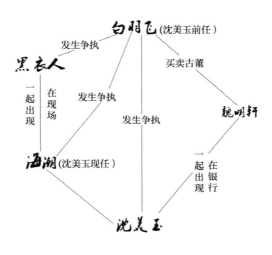

人物关系图

　　我冥思苦想，不得其解。

　　老杜在一旁微笑着，低声吟道："唧唧复唧唧，木兰当户织，不闻机杼声，唯闻女叹息……"

　　我不禁感叹，老杜竟然能把《木兰辞》背下来。

　　等等，《木兰辞》？

　　我突然明白了，老杜的意思是……

　　那一刻，我的声音像高中女生一样怯懦，却充盈着小小的兴奋："你的意思是，黑衣人就是——沈美玉！"

　　老杜的嘴角上扬，又浮现出古怪的微笑，他轻轻哼了一声，说："这个问题的答案，只有海潮自己知道。"

　　海潮和沈美玉住在一个回迁房小区，这个小区在北京的东三环附近，位置还不错，大门也还体面，可是一进小区，就觉得逼仄起来。楼宇之间的小路弯弯曲曲，狭窄无序，楼与楼之间的距离很近，以至于我走进小区的时候虽然还不到上午 10 点，但很多楼的十楼以下已经被前面的楼遮挡了阳光。

　　老杜让我到海潮和沈美玉家去查访是有原因的，这起案件错综复杂，要想查明实情，只有走入海潮和沈美玉的生活，才有可能了解到更多的真实信息。

　　我一进小区，就在大门后不远处、位于道路北侧的地面停车场的入口，被一群站在那里晒太阳、遛狗的大妈给瞥见了。

　　我很喜欢这类大妈，这两年，很多信息，特别是有关家长里短、夫妻关系、当事人性格和行为的种种细节，都是不经意间从这些大妈那里听来的。她们无意间的一句话，就可能戳破当事人精心伪装的表象，所以陪这些大妈聊天，是件非常有价值的事情。

　　这些大妈不仅知无不言言无不尽，而且简直可以算是我们分析和推断案情的最佳指导者。她们在事无巨细地和你聊完有关当事人的种种细枝末节之后，常常会撇着嘴，斜着眼，瞥着当事人所住楼栋的方向，貌似漫不经心地说："谁知道他和某某某是什么关系，说不定……""不知道他那天晚上去哪儿鬼混了，十有八九……""看起来他挺老实的啊，怎么可能……"于是，在这些"谁知道""不知道""看起来"的背后，便隐藏了她们无限的遐想。而这些遐想十之八九并不是凭空臆想，而是大妈们根据当事人平日的生活细节产生的直观推测，非常有参考价值，因此便成了我们推理的方向之一。

和这些大妈套磁的最简单的方式，就是和和气气地跟她们打听路，或者打听人，她们绝大多数都是非常热心的，只要你表现出足够的尊重和被帮助后的恍然和感激，她们就会乐此不疲地表现她们存在的价值。

于是，我向站在最外侧、脚下趴着一只京巴犬的胖大妈打听："麻烦问一句，107 号楼怎么走？"

胖大妈大约六七十岁，她上下打量了我一番，然后抬手指向我背后不远处的一栋楼："那个就是 107 号楼。"

我忙点头称谢，一脸谦逊地接着问："您知道 107 号楼有个叫沈美玉的吗？我是她同事，她跟我说住 107 号楼一单元，几层我忘了。"

胖大妈侧脸看我，眼神里流露出几分疑惑："沈美玉是谁？没听说过。"

"哦，她应该就住 107 号楼一单元，她老公叫海潮，是当地人，比她大 18 岁，应该小 50 了。"

"哦……"胖大妈若有所悟地点点头。

胖大妈旁边一位眼角、嘴角和两腮的赘肉一并下斜，看起来很像在脸上摆了三个八字的大妈瞅了我一眼，接过话茬："你说的是二冬吧，他是当地的，他媳妇是外地的，小他十好几岁，俩人没孩子。"

"对，对，美玉是河北人，没孩子。"我忙不迭地答道。

"有些日子没看见二冬他媳妇了，你是她同事？"胖大妈身体前倾，眉头微皱，抬眼问我。

"是啊，美玉有些日子没去上班了。"我顺着接话。

"嘿，二冬不是说他媳妇失踪了吗？"八字脸大妈凑近胖大妈，低声说。

"你听他说吧，他嘴里有一句实话？"胖大妈一脸不屑。

"那他媳妇去哪儿了？"八字脸大妈眯着眼睛，显然已经开始遐想，"不会跟人跑了吧？"

"谁知道，谁让他找个小媳妇，还是外地的，不知根不知底儿的。"胖大妈撇了撇嘴。

"这几年二冬跟那小媳妇不是过得挺消停吗？就二冬那揍性，他媳妇要真在外面有男人，还不被他打折腿？欣欣她奶奶住他家楼下，没听她说二冬和他媳妇吵过架呀？"八字脸大妈一脸诡秘。

"也倒是。那小媳妇脸是冷了点，见人都不打招呼，不过这几年进进出出，也没见和别的男人说过话，看起来倒也安分。"胖大妈也疑惑起来。

"那就是二冬有了外心，把他媳妇给气跑了？"八字脸大妈又问。

"拉倒吧，就他？二冬他爹是我三姑她老公的亲外甥，二冬什么玩意儿我不知道？就他那德行，最多也就找个女人聊聊天，茶壶嘴儿都不好使，还能干啥？"胖大妈鄙夷地说。

"我说毛毛怎么长得跟二冬一点都不像。"八字脸大妈若有所悟地点了点头。

"我家老赵泡温泉的时候见过他那玩意儿，说比绣花针大不了多少。在东海子住的时候，二冬没少因为寥老八揍毛毛他妈，毛毛他妈最后咋死的，你不知道啊？"胖大妈继续八卦。

"我是听说过廖老八时不常就去二冬家溜达，可寥老八谁家媳妇不招惹？你别说，细琢磨，这毛毛跟寥老八长得还真像……哎，毛毛他妈不是癌症死的吗？难道……哎，你还让你家老赵去泡温泉啊？你不怕他心脏受不了，倒在里面啊……"

我听得糟心，真是八卦高人在民间，看话题已经转移，我忙道了谢，向107号楼走去。

"嗨，10层啊，二冬家在10层……"身后传来胖大妈关切的声音。

请你相信我

白 夜 救 赎 之 王 族 星 座

　　见到海潮的时候，我着实吃了一惊。我看过他的照片，一个鼻直口方、五官端正的北方人，可没想到真人和照片有那么大的差别。

　　海潮的实际容貌和身材，比照片上看到的和进而联想到的"瘦"了很多倍。照片上的海潮额头宽厚、两腮饱满，虽然算不得"天庭饱满地阁方圆"，但至少看起来也是生活优越的老北京拆迁户，算得上富态。然而真实的海潮额头没有那么宽厚，头发比照片上少了很多，半个头顶完全暴露，显得苍老而粗暴。而且他两腮凹陷，并不饱满，也许是比拍摄那张照片的时候瘦了许多吧。海潮个头不高，大约一米七左右，骨架较大，看起来也算魁梧，不过因为较瘦，所以显得干瘪颓唐。他大沈美玉十八岁，虽然还不到五十，但已然是个小老头了。

　　海潮并不是我想象中那种悠哉游哉、游手好闲的"北京大爷"。见到我之后，他谨小慎微、缩手缩脚，以至于我很难把面前的海潮与之前我们通过调查所获得的海潮的印象统一起来。

　　我的查询时间和地点是沈美玉失踪案所属辖区的刑警和海潮约定好的，所以海潮对于我的造访并未感到意外。

　　这个家显然因为近来缺少女主人，变得凌乱不堪。

入户门上贴了七八张开锁和通下水道的小广告，比较对门贴满小广告的防盗门，显然之前时常清理。入户门左侧水表间的门上贴着暖气缴费单，门口的脚垫已经脏了，隐约还能分辨出颜色和花纹。屋里则乱得简直找不到一处可以落脚的地方。门口的鞋柜前东一只西一只扔满了鞋子；进门小餐厅的桌子上还摆放着残羹剩饭，还有两只脏乎乎的空碗；唯独餐厅一侧的多宝格十分整齐，分门别类地放着烟酒茶糖，偶有一两处空缺，还算保持了女主人在时的模样，只是落了层灰尘。沙发上堆满了乱七八糟的衣服；暖气片上横七竖八地晾着皱皱巴巴的袜子；连卧室的门把手上都挂着脏裤子……可见沈美玉失踪后，海潮的生活一团糟。

海潮请我进门后，把沙发上的脏衣服扒拉到一侧，腾出一块儿地方，请我坐下，然后搬来一把椅子，坐在我的对面。

怎么切入呢？我要问哪些问题呢？

这两个问题我在来的路上思考了很久，对于这样一个大龄男性当事人，我的经验大概和年龄一样处于劣势，虽然这不是比拼体力和智力的问询，但当事人的应变能力的确和年龄与阅历有关。根据我的经验，对方的年龄越大，人生经验越丰富，通过问询得到的信息的真实度越差。从某种角度讲，这就像两个人的心理对决，只有心智相对成熟、经验相对丰富的一方，才能决定谈话的布局和走向。

对于年纪小、经历少的当事人，我还算能够把握谈话的全局，但如果对方棋高一筹，我的一贯策略就是开门见山、单刀直入，不管他怎么善于应变，他在直面问题时的反应总能透露出一些蛛丝马迹，哪怕是最微小的表情变化，也能体现他内心的波动。

对于这个海潮，我也了解了一些，那么不妨就根据我所掌握的情况直接发问。既然已经认定他就是黑衣人的同伙，那么不管他尴尬还是窘迫，我都要将实情挖出来。在我的内心深处，多多少少还是希望能够彻底翻牌，把风流倜傥的魏明轩从石门监狱里放出来。当然，老杜无数次告诫我，不要让情感蒙蔽了自己的眼睛，但我只有看到真相确凿是魏明轩连杀二人、抛尸灭迹，才能了了这份心思。

方法简单了，一切就都简单起来，不简单的就是如何随机应变，在这场心智的对决中战胜对方。

问题自然要围绕沈美玉的失踪展开，不过既然是单刀直入，就不妨从沈美玉失踪前两天，也就是农历八月十三说起。我倒要看看，如果开题就直指黑幕，你会如何辩驳。

"请问，你太太沈美玉是农历八月十五那天失踪的吗？"我探寻地盯着对面的男人。尽管是 10 层，但前面的楼还是挡住了阳光，以至于屋内光线暗淡。在这个男人干瘪的面孔上，除了一双狭长的眼睛透露出一丝不安之外，别无表情。

"是的。"海潮一开口，我就发现他的嗓音沙哑，粗糙而干涩，听起来很不舒服。

"在你太太沈美玉失踪的前两天，农历八月十三和八月十四，还有八月十五她离开家之前，她都做了些什么？在这三天里你又做了些什么？有什么特别的事情发生吗？"

"哦，警察都问过了，没有什么特别的事情。"他低垂眼帘，慢吞吞地回答。

"还是请你再回忆一下，农历八月十三你去哪儿了，做了些什么？"我从包里掏出纸笔，准备记录。

"哦，农历八月十三是我母亲去世十周年忌日，我去给她上坟了。"海潮佝偻着身子，耷拉着脑袋，无精打采地说。

"哦？去哪儿上坟了？"我不错神儿地盯着他。

"北口。"

"北口在哪儿？"虽然我到北京已经八个年头了，可好多地名还是没听说过。

"山里。"

"哪个山里？你什么时候去的、什么时候回来的？"

"北京北边的山里，一早去的，下午五六点回来的。"海潮有气无力地回答。

"你在山里待了一天？"我穷追不舍。

"是啊，太远，要爬山。我家祖坟在那儿，不通车。"

"农历八月十四你在哪儿，做了些什么？"

"第二天我哪儿也没去，在家待了一天。"说完海潮直起身子，依靠在椅背上，目光越过我的头顶，落在我身后的墙壁上。

"就在家待了一天，哪儿也没去吗？"

"早上8点去美玉单位接她下班，把她送回家，然后拉了几个黑活儿，回来在小区里下了几盘象棋，中午吃完饭下去遛了会儿狗，回来睡了个午觉，又出去遛了一会儿狗和乌龟，吃完晚饭就送美玉去上班，然后又拉了几个黑活儿，就回来睡觉了。"海潮极不情愿地回答。

"你平时都这样吗？"

"是啊。第三天也是这么过的，我天天都这样啊！"海潮不满地瞅着我，随后目光转向地面。

"沈美玉这三天都做了些什么？有什么异常吗？"我合上笔帽，双手合十，将笔夹在两个大拇指和食指中间，然后将双手搁在笔记本上，直视着海潮。

"美玉？上班、下班、睡觉、吃饭，收拾屋子，没什么不一样。"说完他伸展了身子，疏懒地靠在椅背上，一脸漠然。

"哦？你确定她除了上班，哪儿都没去过吗？"我上身前倾，加重了语气。

"她白天睡觉晚上上班。农历八月十三我出门了，她白天有没有在家睡觉我不清楚。农历八月十四她就在家睡觉，哪儿也没去。农历八月十五她出门后，就再也没回来。"海潮直视着我，冷漠而凝滞。

"是吗？你确定农历八月十三，除了北口，你没去过或者路过别的地方？"我皱着眉头，探寻地盯着他。

"没有。"海潮说完，抬起左手揉了揉脸，然后用鼻孔长长地出了一口气。这个动作显出几分无奈、几分沮丧，倒没有我想象中心智对决的紧张。

"农历八月十五她什么时候出的门？"

"和往常一样，晚上七点多走的。"

"你送她去的便利店？"

"那天我拉肚子，没送她。"

"那你最后一次见到她是什么时候？"

"就是农历八月十五晚上七点多，她走的时候。"

"你什么时候发现找不到她了？"

"八月十五晚上9点多，我接到便利店打来的电话，询问沈美玉为什么还没来上班。结果她第二天早晨也没回来，打她电话关机，我当时以为她去采购了，结果一直到第三天她还是没回来，电话也一直关机。我就打电话到便利店，便利店说她这两天晚上都没去上班，打她电话关机。我就四处打听，可没人见过她，最后没办法就报了警。"

"你十六号早晨没去接她？"

"没有，我肚子还是不舒服，打她电话关机，就以为她在回来的路上了。"

"你后来以为她去采购了？"

"对，她每个月都有一个白天出去采购，他们店里觉得她好用，就什么活儿都让她干，除了夜班，每个月还有一天的采购。不过时间还算自由，自己安排采购时间，就是到新的供货单位去核查货源。"

"你说的都是真的？"我怀疑地盯着他。

他的脸色有些苍白，但态度很沉着，略微迟疑了一下，露出一副可怜巴巴的神情："请你相信我。"

唯一的亲人

白 夜 救 赎 之 王 族 星 座

对于这个叫海潮的男人，我有一种说不出的感觉。他不阴不阳，没有海生的冲劲儿，也没有老杜的亲切；没有男人的阳刚，也不似女人般阴柔。他略显憔悴，相对安静，既没有一开口就滔滔不绝，喜欢讲又臭又长的故事；又不像魏明轩那样不着边际、天马行空。总之在我看来，这是一个没有个性的人，活得像一张白纸，不过这张白纸并不是可以用来画画写字的白纸，而是一张皱巴巴的不起眼的餐巾纸，仅此而已。

想到刚进小区时与那两位大妈的对话，我对眼前这个男人倒生出了几分同情。看他这模样，倒还真像个可怜人。可不管你的境遇如何，都不能危害他人，更不能剥夺他人的生命。现在，既然你什么都不说，那我就戳你一枪看看。

我的声音突然变低，上身向前微探："请你用心地想一想，农历八月十三，除了北口，你还去过哪儿？"

他满脸真诚地说："我一直在山里，哪儿也没去。"

看来你是不见棺材不掉泪，那我就不客气了："那为什么有人说，农历八月十三在潞州见过你？"

瞬间，海潮像一匹受惊的小马一样从椅背上弹起来，直挺挺地坐在了椅子上，他颤抖着说："不可能，这不可能……"

我也绷直了后背，恢复了最初的姿势，用抚慰的语气说："别着急，好好想想……"

空气里弥漫着陈腐的味道，如同海潮身上散发的气息一样，让人觉得了无生机、索然寡味。我在心里问自己，这究竟是怎样一个男人？而那个失踪的沈美玉，又是怎样一个女人呢？如果调查结果属实，沈美玉日复一日辛苦劳作，每晚在 24 小时便利店上夜班，从不缺勤，连感冒发烧都坚持上班，那么回到家里，又如何面对这样一个男人？

这显然是一个好吃懒做的人。环顾四周，我可以想象，这位爷每餐吃完饭肯定不收拾碗筷，更别提刷锅刷碗了；这位爷每天进门后脱下来的鞋子、外套，肯定不会规规矩矩地摆上鞋架、挂上衣架，而是乱扔一气……难以想象，沈美玉每天一宿夜班后，早晨辛苦归来，看见满屋狼藉如何忍耐、如何宽容，如何和这个毫无生机、涣散怠惰的男人度过每一个朝霞满天的美丽早晨、每一个夕阳镀金的美好黄昏……

如果真的是这样，那沈美玉的人生也太悲摧了。

她的快乐在哪里？她的幸福在哪里？

在这样日复一日的生活里，难道她就没有情绪、没有抱怨、没有无奈？难道她就不需要温暖、不需要体贴、不需要发泄？

如果是我，肯定憋屈死了，而沈美玉，那个照片上的风情女子，又怎么可能忍耐这一切？

难道就为了等海潮老去，把房子留给她，那个女子就能够如此隐忍沉默？她不需要情绪的出口吗？

而此刻，坐在我对面的这个男人逐渐委顿，他好像被我的话戳疼了，缩成一团，不再说话。

"你农历八月十三那天路过潞州了吗？"我故作轻松地问。

他没有抬头，默不作声。

"沈美玉八月十三那天白天在哪儿？你知道吗？"我又一次向前探身，想看清楚他的表情。可他把头埋进胸口里，加上客厅昏暗，从我的角度看过去，他似乎还是毫无表情，不过我发觉他的肩膀在微微地颤动。

"你别紧张，也许那天你正好路过潞州，忘记了呢？好好想想。有人说看见你和一个黑衣人在一起，在潞州的一个工地上和人聊天。你好好想想，那天到底去了哪儿、和谁在一起、和谁说了话？又说了些什么？"我一脸关切，语气柔和。

海潮还是低着头，不说话。

怎样才能撬开他的嘴巴呢？

"海潮，你和沈美玉的关系如何？"我另辟蹊径。

他佝偻着，摇了摇头。

"沈美玉之前结过婚，你知道吗？"既然你做橡皮人，那我就使劲戳，戳到你出血。

"哦。"他不置可否，声音更加沉闷、更加沙哑。

"她的前夫你见过吗？"

"没。"

"她的前夫叫白羽飞，也在农历八月十五的晚上失踪了。"

"哦？"他一直在微微颤抖的肩膀突然凝滞。

"而且银行的监控录像显示，沈美玉在农历八月十六，也就是失踪的第二天，出现在潞州的农商银行里。"听到这句话，海潮猛一哆嗦，抬起了头。

"她还活着？"他的眼睛里有了一缕光亮，声音也急切起来。显然，这个男人虽然窝囊、懒惰、无能，但对妻子沈美玉还是十分留恋的，希望妻子能够回来。也难怪，如果沈美玉除了上班赚钱就是回家收拾屋子、做饭，既没有出轨也没有外遇，海潮又有什么理由感到不满呢？就算是沈美玉天天冷着脸，他也没啥好挑剔的。但为什么他会认为沈美玉已经不在人世了呢？

"说不好，我们做了详细的调查，在农历八月十六之后，就再也没人见过她。所以希望你能配合调查，如果你知道在她失踪之前发生过什么特别的事情，一定告诉我们。据我们所知，你是她唯一的亲人，如果她还活着，一定会回到你身边。"我本以为最后一句话不过是轻轻地戳了他一下，可没想到，这个男人竟然捂了脸呜咽起来，这完全出乎我的意料。

"她也是我唯一的亲人！"这个男人终于泣不成声，缩成一团，嘶哑的哭声在昏暗的屋子里弥漫开来。

我耐心地等了很久，最后伸出手，轻轻地拍了拍他的肩头，温和地说："没事的，没事的，她会回来的。"

"不，不，她不会回来了。如果她还活着，一定是去找他了，可她怎么会去找他呢？他那么骂她、侮辱她……"哭声里夹杂着喃喃的话语。

就在那一瞬间，我心中突然生出一种连自己都觉得可疑的猜测：

难道，真的像这个男人所说："她去找他了……"

难道，真的像我的第二种猜测的前半部分一样，白羽飞和前妻沈美玉狼狈为奸，盗窃古墓，双双逃逸？

不太可能，如果沈美玉和白羽飞真的狼狈为奸，那么跟魏明轩又有什么关系？魏明轩为什么要往沈美玉的银行卡里存钱？

而且沈美玉当年离开白羽飞父母家的时候，闹得乌烟瘴气、满城风雨，那么不管是她骗了白羽飞，还是白羽飞抛弃了她，她都不应该再回到白羽飞身边，至少我是这么认为的。

迷雾越来越重，我完全看不清前方的道路。

"他骂她你听见了？他侮辱她你看见了？"我狠狠地反问。一个人意志几近崩溃的时候，最容易讲真话。虽然从良心上讲，我非常抵触这样的探问——太过残酷、直揭伤疤——然而这样的方法往往最有效。

"我那天从北口回来，还不到中午，在潞州转车的时候看见车站附近有一大片工地，上面插着不少小红旗。我听美玉讲过，以前她上大学的时候到工地去实习，勘探土层结构，遇到古墓就插上小红旗，标注出来。我也知道好多墓都是穷人的墓，没啥东西，可那天我心烦得很，不知怎么就走到了那片工地上。当时我听见有两个人在简易房的背后说话，有一个声音有点耳熟，可也说不上在哪儿听见过，就走了过去。

"我怎么也没想到，那竟然是美玉的声音！她正涨红了脸，和一个相貌凶恶的男人争执。我一看就急了，一把抓住美玉，问她怎么在这儿。美玉见到我吓了一大跳，结结巴巴说不出话来。我就气呼呼地跟她说，回家要打断她的腿，拉着她就走。可没想到跟她说话的那个男人竟然问我是不是美玉的老公。我说是。那个男人听了大笑，说我是接盘侠，捡了他踹了的破烂货，还说美玉在跟他结婚之前就为一个大她十几岁的男人打过三四次胎，早就是烂货，生不出孩子来，是不下蛋的母鸡……"说着海潮难过地扭过脸去，起身走进了卫生间。

过了很久，海潮才从卫生间里走出来，他擦干了眼泪，不再呜咽，红着眼睛热切地看着我，说："求你们把美玉找回来，我知道我对美玉不够好，可等我死了，房子都是她的，我就她一个亲人，求你们把她找回来……"

该隐的印记

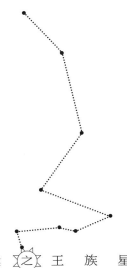

白 夜 救 赎 之 王 族 星 座

后来，我在海潮家翻看了相册、手机和电脑里保存的沈美玉的照片，对这个女人的直觉从最初那张照片的风情万种，变成了一个字：冷！她的眼神是茫然的，她的表情是冷峻的，这是一个从内到外都散发着寒冷气息的女人，怪不得连小区门口晒太阳的大妈都说她冰冷。

从 107 号楼走出来的时候，我的内心异常沉重，我突然意识到，也许之前我们所看到的那张照片上的沈美玉并不是真实的沈美玉；也许那张照片中的风尘味儿，不过是影楼写真造就的味道。

算起来，我从出生到如今，也经历了许多平常人未曾经历的苦难，尚在襁褓之中，我就被人偷走，跟着垃圾婆颠沛流离、居无定所；在我杀死老武之前，始终不知道亲生父母是谁；有人为我杀过人，我也动手杀过人；有人替我去坐牢，我也主动自首，走进铁门之内……如今，在我的眼睛里，没有谁是天生的恶魔，也没有谁是天生的天使。一切恨，皆有根源；一切恶，皆有宿怨；一切爱，皆有宿命；一切救赎，皆有使命。

就算白羽飞真的穷凶极恶、恶贯满盈，也必然有他恶的原因；就算沈美玉结婚、离婚、又结婚，也必然有其抛弃对方或者被人抛弃的理由。世界永远不是一个平面，我们所看到的，也许永远都只是它的一部分，而那藏在背面的另一半，我们注定看不到。所以永远不要因为看到的善恶悲欢、阴差阳错而欢喜或者失落、悲伤或者痛楚，因为你永远不知道，在那你所不知的另一半，藏着怎样的结局。

下楼的时候，在电梯里遇见一位从9楼上电梯的大妈。大妈抱了个漂亮的小女孩，我见她正好从与海潮家同侧的方向走入电梯，便随口问："这楼住着吵不？"

这大妈一听就打开了话匣子："哎呀，这回迁房就是质量差，不隔音，楼上一直挺清静，两口子从不吵架，上回大吵了两天，吵得我连着两天中午觉都没睡成，差点没心梗！"

"啥时候啊，是不是开着窗户，从外面传进来的声音？"我顺势往下接话。

"没开窗户，我记得特别清楚，第二天是八月十五，我八字绕，容易招东西，初一十五前后，睡午觉都不敢开窗，肯定就是楼上吵架。那两天男的一早嚷嚷到下午，没完没了地吼，吼得我的心脏都快不跳了……"

听完大妈的话，我差一点就回身上楼，再次去询问海潮了。可我最终还是按捺住内心的疑惑，走出了小区。如果在撞破妻子的窘事后，丈夫还能不吵不闹，那就不正常了。于是我大步赶往下一个目的地：沈美玉工作的便利店。

一路我都在思考，当抵达沈美玉曾经工作的便利店时，我终于想明白一个问题，那就是：

老杜的推测有些可能是正确的，比如黑衣人必定就是沈美玉，但是公鸭嗓并不是沈美玉装出来的，而是海潮那粗糙而干涩的嗓音。

接下来的问题是：如果海潮说的一切都是真的，那么沈美玉为什么要去工地？她为什么要在工地附近转悠？她和白羽飞之间到底有什么不可告人的勾当？如果两个人沆瀣一气，白羽飞又为什么还要在海潮面前羞辱沈美玉？

谜团总是一个接着一个，让我无法翻牌，无法看清整个案件的真相。尽管我们找到了一块又一块拼图，却仿佛还有隐秘的拼图藏在黑暗之处，等待我们去寻找，而那些拼图才是最恐怖的罪恶所在。

走进便利店的时候，手机铃声突然响起，老杜打来电话。电话那头老杜的声音极为畅快，他说马上到便利店找我。

他还说自己跟魏明轩较了一上午的劲儿，吃奶的力气都使出来了，魏明轩还是拒不承认谋杀了白羽飞，也不承认认识沈美玉。

后来老杜给魏明轩看了他和沈美玉在农商银行存钱的照片，他最终无法抵赖，对谋害白羽飞和沈美玉供认不讳。他所陈述的作案动机就是我的第一种推测：白羽飞卖给魏明轩一堆破烂儿，最后那个物件竟高达 5 万，魏明轩要退货，白羽飞拒绝，坚决不退款，于是魏明轩起了杀机，买来黄曲霉素，投毒杀了白羽飞，不巧却被白羽飞的前妻沈美玉看见。后来沈美玉勒索魏明轩，魏明轩给了沈美玉一万块钱。可没想到，沈美玉变本加厉，又要两万，魏明轩干脆一不做二不休，杀了沈美玉。

不过老杜最后叹了口气，说："他最后还是没说把这两人埋哪儿了。我真担心他是沈美玉或者白羽飞拐弯抹角的亲戚，帮那两人远走高飞了。"

我笑答："你想多了，老杜，白羽飞那样恶贯满盈的人，你觉得魏明轩会帮他吗？"

挂了电话，仔细一琢磨，尽管魏明轩认罪伏法，但还是有谜团没有解开。不过思来想去，也算合情合理，正是因为白羽飞和沈美玉沆瀣一气，所以白羽飞在海潮面前羞辱沈美玉，以掩人耳目。

便利店店长对沈美玉的评价少之又少，他说：

"美玉是个沉默寡言的人，虽然她很漂亮，但她总是拒人于千里之外。她很少主动和人说话，偶尔和同事聊天，也总是几句就聊死了，从没见过她和谁凑在一起开心地又说又笑。

"她特别努力，也特别认真，生了病还坚持工作。我们都猜测她是不是从小穷怕了，内心有极大的焦虑感，所以不工作就不安心。

"她丈夫开始追她的时候，对她很好，常常中午给她送饭。后来结婚了，就没见她丈夫来过。这也难怪，都到手了，谁还捧在手心里？

"她从没跟任何人说过她的过去，她的简历里只写着本科，考古专业毕业，身体健康，工作经历只字未提，我们也问过她，她只说跟考古有关，也没说具体做过什么工作。

"我们都知道她父母没了，因为春节的时候她总是申请值班，说父母没了，丈夫就在身边，没必要休假。大家都巴不得早点休假回家，就她每年春节都申请值班。我们都知道她老公是个黑车司机，吊儿郎当不正经干……

"美玉不讲究吃穿，唯一的爱好就是读诗、写字。夜班不是很忙，有时候会见她躲在角落里，在一个小本子上写字……

"她特别内向，但干活利索，力气也大，晚上理货一个人就成，多重的东西都不用人帮忙。加上总是主动加班、值班，在店里这么多年，不少人来了走了，她却一直干得很不错。

"原来有个副店长想撩她，偶尔还动手动脚。有一次半夜，那个男人想欺负她，被她用一箱花生油给砸了个狗啃屎，从那儿以后就没人敢打她的主意。"

我还问了店长好多问题，不过最让我匪夷所思的，就是店长说，几年来，店里从没安排沈美玉去从事过采购的工作，也完全不需要到送货单位去核查货源。也就是说，要么是海潮撒谎，有意隐瞒沈美玉每个月某一不确定日期的行踪；要么就是沈美玉一直在欺骗海潮，隐瞒自己每个月某一不确定日期的行踪。不管谁在撒谎，这至少说明沈美玉在失踪前几个月，每个月都至少有一天时间可以到勘探现场去。那么这就间接证明，沈美玉应该就是黑衣人！

我和便利店的店长聊了不到一个小时，老杜就赶到了，他精神抖擞，显然对自己上午的收获感到满意。是啊，这不正印证了我的推测吗？虽然我还是觉得有什么地方缺了几块拼图，可当下我们已经能够看到拼图的全貌了，等会儿从便利店出去，我就可以给海生打电话，告诉他这个喜讯了。

老杜进门后，在便利店里转悠了两圈，问店长，平时员工换衣服的柜子在哪儿？

店长把我们领到后面的员工休息室，老杜跟店长要沈美玉的柜子钥匙。店长摇头："钥匙只有美玉自己有。我们总觉得她会回来，所以就没动她的柜子。她在店里年头多了，就算她不爱和人打交道，大家多少对她也有些感情。她那样珍惜这份工作，不会随随便便就走掉的。"

老杜叹了口气，缓缓地说："如果不打开这个柜子，也许我们就永远找不到她。"

最后，老杜用一把螺丝刀、一把钳子，撬开了沈美玉的柜子。

沈美玉的柜子几乎和她的人一样清冷：只有一条围裙，一身工作服，两双套袖和一瓶大宝，仅此而已。老杜把这些东西一样样拿出来，小心翼翼地抖开、察看，最后终于在一只套袖里，发现了一个小本子。

只见店长嘴角微微上翘，露出一丝暖暖的微笑："这应该就是她经常用的那个小本子，我见她在上面抄过诗。"

当我和老杜一页页仔细翻看这个小本子的时候，却发现，这不仅仅是一个诗词摘抄本，竟然还有几篇日记！

对我们来说，这是一个陌生女人的日记，它让我们看见了一颗完全陌生的心灵。

一个陌生女人的日记

七月十八日　幻象

我不可以一个人站在这里，不可以，坚决不可以。

时间和空间把我填进了时光的隧道，塞回了六年前，让我回到了那个青涩而单纯的女青年，让我回到了自以为幸福而美满的青春岁月。

我看见——我坐在穿着蓝色工装的人群中间，我看见——他探过身来宠溺地问我：为什么不开心？

我听见——自己委屈地撒娇："他拿了我的粉色小熊。"

再抬眼，我便看见——操场上接力跑的制服男们，手里的盘子上托着我的粉色小熊。

我看见——他毫无顾忌地摸我的衣袋，摸走了我的红色手机，说他口渴想吃水果，然后拿了我的手机去付账。

我看见——我手中的书上有一张一串葡萄的图片，我把它们一颗颗剪下来，放在面前的桌子上，然后它们便神奇地膨胀，变成一颗颗晶莹的真实的葡萄，然后我把它们一颗颗塞进嘴里。随后我又剪下一张张西瓜的图片，纸片就慢慢变厚，变成一片片水分饱满的真实的西瓜，咬下去滋润而甘甜。一旁与我同来的女孩也效仿着，吃起了桌上的西瓜，却说有纸张的味道。

于是我的意识在这些幻影中模糊起来，似乎我真的又被他爱着，宠着。

然而，当发现自己正一个人站在这荒野，望着那蓝色铁皮房的方向时，却感觉有千万支利箭穿心而过，痛，痛得无法活到下一分钟。

我不明白为什么自己这六年，一直在寻找他，为什么每个月都渴望见到他，每个这样的日子，都以为回到了他的身旁。

然而这份痛，却永远让我无法救赎自己。

不是简单的仇恨，因为单单是仇恨，并不能让我终身不能救赎。我必将背负着这份对青春的祭奠，直到老去，直到死去。

倘有一天，他跪在我面前，求我宽恕，此生，此情，才算终了。

我恨，我爱，我愿，不曾活过。

我愿我的青春，不曾来过。

七月二十四日　十年花

竟然遇到了某君。

天意弄人，竟然在今天，在从他所在的工地去长途车站的中巴车上，遇见了某君。

无论如何，我也想不到，这辈子还能与某君相遇。

也许这就是缘吧，但这份缘，也许还是孽缘。

某君还是那个样子，那么惹眼，那么英俊，以至于我看见某君的那一刻，以为时光回转，我又回到了22岁。

某君坐在那里，看起来还是那样无忧无虑。我好羡慕某君，他如何做到心无挂碍、游走人间？

我一直在犹豫，要不要上前打招呼？

某君还记得我吗?

下车的时候,某君从我身边走过,认出我来,眼睛里瞬间闪出一种光来,像要把我融化。

然后某君让我——跟他走。

十年后,走在某君身边,我似乎从未走过这十年。

某君终于对我说出了十年前未曾对我说出的话。

某君说,那悍妻,是年少时,他病重,父亲为他冲喜的妻。那妻在那一年怀了龙凤胎。次年他病愈,孩子出生,纵然他千般不愿万般抵抗,都无法休掉这已经为魏家传宗接代的女人。于是他离家出走,游走多年。他从未告诉家人自己的去向,却不知为什么当年悍妻找到了他,于是……

某君说,我走后,悍妻砸了他的手机,拉扯他跟她回家,说他老父病重。无奈中,他回了老家,却发现父母无恙,儿女长大,然而因为自己从上学离家就未曾回去过,所以儿女并不认识自己,父母也在怨恨自己。于是他干脆一不做二不休,四处寻欢,最后因为嫖娼被抓,才终于有了和悍妻离婚的理由,最终净身出户,彻底离家。

某君说,这十年,他一直在找我。

某君还记得,十年前,我离开的时候,他求我别走,还发誓,如果我走了,他会像《苏州河》里贾宏声演的那个男人一样,一直找下去,直到找到我的那一天为止。

某君说,这十年,他饮尽弱水三千,却如饮鸩止渴,只愿舍弃一切,换我回到他身边。十年来,他一直在后悔,后悔当年要我舍弃了我们的三个孩子,倘若真生下一儿半女,我们就不会离散……这十年他一直在找我，一直在找我，他相信一定能够找到我……

那日，某君带我上山，他说，我们一起走。

可我们，又如何一起走？

某君，你带得走我的肉体，你找得回我的心吗？

某君说，我是他永恒的星星，他从没想到我会离开他，从没想到我会背叛他。

我终于告诉他，十年前，不是我背叛了他，而是……

我抬头看天空，这是某君的天空，不是我的天空。

也许终我一生，也无法告诉某君，我曾经如何难过、如何伤心。纵然我渴盼再次回到十年前，回到那美好的初恋，然而我们回不去了。

倘我未曾遇见当下蓝色铁皮房里的他，未曾寄人篱下、与人为妻，我愿再次化作某君的水，某君的风，某君的星空和月夜，某君的爱恋和热忱。然而，我已然不再是十年前的我，纵然肉体还在，心灵已被摧毁。

我告诉某君，我，不再是我。

某君说，忘记吧，忘记吧。他说在他心里，我永远是十年前的那个小姑娘，永远是他的新娘。

可我又如何能够忘记，某君不懂，他未曾被践踏到底，他未曾寄人篱下，他未曾碎成齑粉。

除了这具余温尚存的肉体，我再无情感可以给予某君。

某君对我说，他认得他，可以替我报仇。

我问他，如何报？

某君说，把你所有受过的屈辱，一般无二地还给他。

我又问，如何还？

某君说，他自有他的方法。

某君在茫茫的苍穹下，深情地对我说，也许我们可以做些荒唐事，这样我就可以像世俗的婆娘一样活过来，庸俗地跟在他身边，和他一起逍遥人间。

我问他什么荒唐事？

他笑着，解开我的扣子。

我畏惧，我恐慌，我紧张。

这的确荒唐，然后呢？

然后又能怎样？

难道我能借此荒唐，忘却了那些痛，再次活过来？

不，某君能够给予我的，最多也就是在这具肉体毁灭前，最后一丝支撑和温暖，仅此。

六年来，第一次，把自己化成水。某君的天空见证了我们的欢愉，然而这欢愉之后呢？

某君说，这一次，他决不会再让我离开，他要我为他生个胖娃娃，要我一生一世跟着他，永不离散。

某君真单纯，我的心早已死了，纵然某君可以温暖我的肉体，却再也无法拼接我的心灵，我的内心早已碎成尘埃。我那游荡的灵魂在这宇宙间，冷漠地俯视着肉体的颤抖和欢愉，然后，继续带着我的心，游荡到那曾经的岁月里，游荡到那布满尘埃的铁皮房前。

如果有一天，我死了，我要把亲爱的你，我的心事贴，送给某君，某君是我在这冰冷的人世间，唯一可能的留恋。

八月二十日　无可救赎

我是生活在仇恨里的，数不清的夜里，我梦见他，梦见他爱我。

没有人理解我所遭受的践踏，我永生不能忘记。

生活太残酷，让我无法停滞在十年前。

然而回到现实，恍若隔世。

某君今天告诉我，那次见面后，他便开始行动。然而，他不理解我，我要的报复不是这样的，我不要他舍弃金钱为我换取一份对等的羞辱；我要那个人跪在我面前，说他错了，说他爱我，因为我曾经那样爱过他，放弃了某君去爱他，爱到没有尊严，爱到失去自我，爱到尘埃里。

而正是因为放弃了某君，选择了他，所以如今的我是这样孤独、凄惨。六年来，我的心从未真正活过，我就是这个世界的旁观者，我用我的肉体扮演着另一场毫无意义的生命。

我看着自己笑，看着自己哭，看着自己工作，看着自己生活，甚至，看着自己睡着。我赋予我的肉体正常的情感和正常的人生，然而，那不是我，那不是我。

我的心早已死了，被他大笑着捏碎，散落在风里。从离开他的那一刻，我就只剩一缕魂魄，住在这个躯壳里。

我导演着这个躯壳的每一分每一秒，导演着我的独角戏，眼睁睁地看着时间从面前大摇大摆地晃过，却无法伸手扼住它的喉咙。

我不会就这样看着这幅躯壳慢慢老去，慢慢腐朽，我还需要它去做一些事情，等那些事情做完，等我看到另一个躯体倒下，等到我与那个曾经把我的灵魂碾压成齑粉的灵魂再次相遇，我才可以安心地飞到孤坟野岭去，与鬼魂为伍。

然而，我真的就此安心吗？

不，不安心，因为我终究还是失去了，永远、永远无法再次回到我 26 岁那年。

死亡，是唯一的救赎。

九月二日　回不去的世界

昨晚梦见去他家了，他不在家，我还是喊他父母爸爸和妈妈，他十二岁的小表弟陪我一起在附近逛。在他家院子后面，我从沟渠里刨出一个特别大的苹果，两个小苹果，兴高采烈地抱回他家。

他表弟和我一起玩电脑游戏，在西边的小屋里。

我和那些年的每一天一样，等着他母亲做好饭，然后喊我去吃饭。

然而晚饭过后，我正和他表弟一起玩游戏，他却回来了，竟然还带了女人。我很愤恨，装作不知道，不抬头去看窗外站在院子里的他。

他走进来，对我说："来了？"

我恼怒地扭过头，看也不看他一眼，没想到他却平静地说："都过去了，你就忘了吧。"

我瞬间爆发，大喊："你走开，我不认识你，我不认识你！"

他愣了下，尴尬地走出了小屋。

过了一会儿，他的母亲走了进来，对我说："既然过去了，就忘了吧！"

我决绝地说："我不可能原谅他，一辈子都不可能原谅他，我真想杀了他！"边说边收拾东西，准备离开他家回北京。

然而他的表弟却对我说："姐，现在没车了，明天早晨六点才有车。再说这会儿下雨了，路上也不好走。"

于是我叹了口气，愤恨地留宿在那间小屋里。

第二天一早，我早早醒来，收拾东西，走出他家的小院。刚下过雨，路上满是泥泞，我在黄泥浆里艰难地行走，走了很久很久，才走到公交车站。很多人在排队，等着去北京，我排在其中。

梦里，在回北京的公交车上，我满心悲哀。我回来，只是因为我想有个家，想看看你的父母，我没有家，我希望就算你毁灭了我，这里还是我的家。而你，终我一生，也不可能原谅，不可能，永远不可能。

清晨，从这样的梦里醒来，心里很难过、很难过，我曾经以为，那个小院就是我永远的家，我不会再失去爱，失去温暖，然而最终，我还是失去了。尽管我在梦里无数次回到那个小院，无数次回到他身边，然而我知道，此生，我永远不能宽恕，除非，他死去，我死去。

小医生的石头 & 罗塞塔石碑

白 夜 救 赎 之 王 族 星 座

　　我和老杜一页页往后翻看，我不知老杜做何感想，而我的内心却随着这一行行整体下斜的黑色文字，一步步走入寒冷的冰窖。想我这三十多年的人生，何等波折、坎坷和艰辛，却也没有如此冰冷的内心。而这个女人内心却如此寒凉，她渴盼温暖、渴盼爱，渴盼再次回到那个家，回到那个人身边。尽管她知道，自己早已被抛弃，并且就算那个人回头，她也绝不可能宽恕。在苍凉的岁月里，她已然成为一具冰冷的肉体，就连独处的时候，面对自己的内心，都感受不到字里行间有一丝温暖和力量，只有在她的梦境里，还有些许滴血的渴盼，除此之外，全是仇恨。

　　那么某君是谁？蓝色铁皮房里的他又是谁？

　　合上这个小本子的时候，我顿悟，莫非某君就是魏明轩？莫非他、铁皮房、蓝色工服和那些爱恨交织的梦境背后，就藏着白羽飞的名字？

　　倘若如此，那么，这便真的是黎明前的黑暗，而白羽飞失踪案的始作俑者，也许并不是魏明轩，而是——沈美玉！

　　我侧头看向老杜，他目光炯炯，闪烁着奇异的光芒。显然他对今天的一切收获都极为满意，也就是说，我们即将穿破黎明前的黑暗，抵达那光明的彼岸，找到最后几块拼图，彻底翻牌！

走出便利店的时候，我拨通了海生的电话，竟然占线。海生的手机通讯录里除了我和老杜两个号码，别无他人，怎么会占线？

我刚挂了电话，电话铃声响起，海生打过来了。我一接起来，海生就热切地说："安子，你电话刚才占线。"

我忙解释："我刚才正打给你。"

"哈哈，心有灵犀。安子，我找到那种石头了！"

"石头？哪种石头？魏明轩刻章用的那种石头？"我疑惑地问。

"没错，就在山上，从恭家堡往北走，大概走一小时就进山了。这山不高，山顶有块地方比较开阔，我在山顶找到了几块花纹一模一样的红石头！"海生的声音有些兴奋。

老杜在一旁听到海生的话，抓过我的电话急切地问："山顶有没有被人挖过？"

还没等海生回答，老杜就斩钉截铁地说："不管怎样，找个铁锹，往下挖！"

中午，我和老杜一人两个包子、一杯豆浆，拎着就上了开往潞州的长途汽车。老杜说，白羽飞如果死了，尸体一定就埋在海生找到红石头的地方。沈美玉如果也死了，尸体一定也在那个地方。

老杜雷厉风行，下了长途车打个车就直奔恭家堡。路上老杜还给勘探现场施工方的留守人员田大地和孙明军打了个电话，让他们带几个人赶往恭家堡后的大山里，到山顶的开阔地去找我们，协助破案。

眼看马上就要尘埃落定，我倒真有些难过，看来魏明轩和此案脱不了干系了，而沈美玉究竟是死是活，尚未可知。

白羽飞真的会被埋在那个地方吗？沈美玉的尸体究竟会不会出现？

突然间，我觉得人世间最可怕的，不是妖魔鬼怪，不是飞来横祸，而是人心。人心是最可怕的东西，一旦失了善心，不再有善恶之分，不再有怜悯之情，不再有仁义廉耻，那么便万事可行、无不可为。

也许沈美玉就是此案的导火索，或者说是此案的始作俑者。正因为她留恋和仇恨白羽飞，所以当她遇到旧情人魏明轩后，便与之合谋杀害了白羽飞。

这世间最邪恶的东西莫过于金钱，我们每天都在使用它，空气中到处弥漫着它的气息。于是，它像能吸入和呼出的原子一样，进入人的身体，压在人的良心上，跟灵魂起了化学反应，使富人变得傲慢，使穷人变得凶狠。也有可能魏明轩原本就怨恨白羽飞，偶遇旧情人沈美玉后，对沈美玉仍旧留恋白羽飞心生怨念，于是，金钱与情欲叠加的仇恨，最终导致魏明轩萌生杀机。

从沈美玉的日记中可以得知，二人再次相遇后，魏明轩显然只想得到肉欲的满足，而沈美玉并不打算和他重修旧好，于是那么努力工作，那么拼命赚钱的沈美玉，在罪恶的谋杀案件结束后，是有可能向魏明轩索取一些利益的。那么最后的可能，就是作为同案犯的沈美玉，终因勒索被魏明轩所害。

想到这些，我的内心感到无比灰暗、一片虚无，生命中的全部偶然，其实都是命中注定。白羽飞的"被害人"性格，注定他会有这样的结局；而沈美玉的冷漠和孤独，注定她会成为无助和彷徨的女人。这一切的一切，都逃不脱命运这张大网。而我和老杜，还有海生，只不过是旁观者，用我们不够智慧的双眼和双手，去发现命运之网，去解开那一个又一个纠缠不清的命运的死结。

如果老杜的判断没错，那么当下，我们即将面对的，就是两具早已腐烂的尸体。

走出石门监狱已经有两年多了，说实话，在这两年里，虽然每次老杜接到新案子，我都感到兴奋，跃跃欲试，然而每次案件接近尾声，我都感到虚无和难过。那种难过，不是情感上的悲伤或者痛苦，而是内心深处的无奈和感慨。那是见到生、见到死之后的无语，那是决定生、决定死之后的挣扎。

就像海生所说，我从他人的生死里看到的不过是镜像。当然，我还没有感受到每一个镜像最终都会投向自己、投射到自己的生死之中，但是那种看到生命的最极端，与深渊相互凝望的感觉，实在让人难过。

特别是每次结案的时候，我都觉得人生虚无。

我是什么？

我是生命的主宰者吗？

我凭什么就凭借自己的判断和推测，和老杜一起，把一个个自由之人送进牢狱之中？

没错，有的人是罪恶的，但他的罪恶应该由我们来揭示和审判吗？

而我们又是谁？

我们又有何德何能，可以将命运之网在每个人身上打下的死结，一个个解开呢？

最难过的，就是发现我们送进监狱的那个人，因为爱而犯罪。当然，爱不是犯罪的理由，但是很多时候，我会想到自己，为什么我当年杀了人，为什么我和海生当年也走进了监狱？

正如海生所说，我们以为我们所做的一切就是正义，就是善良，殊不知，善恶也不过是一个硬币的正反两面，都有召唤的力量。

这世间，根本没有绝对的善，也根本没有绝对的恶。一念超生，一念丧生，渡人自渡，毁人自毁。

无所谓是非，无所谓丰碑。

爬到山顶的时候，海生已经带着勘探现场施工方的留守人员田大地和孙明军以及他们带来的几个人，把山顶刨了个底朝天，几乎没有一块地面是未经翻找的。田大地一行人中有两名探工，从地面上随处可见的深棕色圆柱状土块可以看出，他们已经把山顶探了个遍。而海生正站在一个一米见方的大坑里，他身旁的一名探工还在用洛阳铲向下探寻，在探工脚边一块圆柱状的土块里，有一角残破的红砖。在我看来，这伙人已经显示出刨地三尺的决心。

看到这幅景象，老杜皱起了眉头，自言自语道："难道……"

我忍不住接话："难道你猜错了？"

老杜摇摇头，沉思片刻，喃喃地说："在那样一个电闪雷鸣的雨夜，魏明轩不太可能深埋，而且把尸体从十多里外弄过来，也得花不少力气，所以他应该没有太多精力太多时间深挖。再换个角度，如果当晚他并没有把尸体弄到这里，而是藏在诊所里，那么对面的二孬和二孬媳妇十之八九会看见，再说尸体的味道也无法完全遮掩。就算他想尽一切办法，在农历八月十五当夜，把尸体藏在诊所里，可第二天他要想把尸体转移到这里，必定会被更多的人看到，所以他绝对不可能把尸体藏在诊所里，而会在那个雨夜，趁着风雨交加、电闪雷鸣，把尸体直接弄上山埋了。"

"把尸体从十多里外弄到这儿来，这……"我有些错愕，不采用任何交通工具，要把一具至少重达一百五十斤的尸体，在雨夜里转移到十多里外，应该不是一件容易的事情吧！而且转移过程中，恐怕也不能一直拖着尸体向前走，因为道路的颠簸和摩擦会留下尸体的痕迹，就算大雨倾盆，拖拽过程中尸体和地面发生摩擦留下的血迹和衣物残片，也不一定能被雨水全部冲刷干净。

"魏明轩每天早上要的青龙偃月刀，也得有几十斤重。所以对他来说，背一具一百五十斤的尸体走十多里地，应该不算太难，也就是一两个小时的事情。当晚电闪雷鸣，电脑和手机都不能用，所以白羽飞就算晚睡，也肯定在十二点左右就准备睡觉了，也就是说，白羽飞的死亡时间应该不超过凌晨一点。从凌晨一点到天亮，还有四个小时，足够魏明轩转移尸体并加以掩埋。只是除了这里，我实在想不出来，他还能把尸体埋到哪儿？"

老杜眉头紧锁，思索了片刻，然后掏出手机拨了出去。他对手机那头的人说："对，国家天文台，一定要专业研究员，别给我找打酱油的，十五分钟后再打给你。"如果我没有猜错，电话那头是徐锋。

在这十五分钟里，老杜从海生手里接过几块暗红色的石头，端详了半天，然后蹲在地上，仔细察看每一寸翻动过的土地。我走到海生身边，掏出一盒他最喜欢的超醒薄荷糖，递给他。

王族星座的指证

白 夜 救 赎 之 王 族 星 座

在我眼里，海生永远比老杜单纯，比老杜可爱。

同时，在我看来，对于罪犯来说，最可怕的人，就是老杜这样的人。

我对于罪犯而言，无甚威慑力，海生也没有。

老杜则截然相反。他永远不动声色，永远沉着冷静，如果他存心欺骗，那么你永远看不出他说的是真话还是假话。他可以和数年前一样蔫蔫的，一言不发；也可以像和徐锋大谈"自己的丰碑"一样，慷慨激昂。你绝不可能看清楚，哪一个是真正的老杜，或者说，也许哪一个都是真正的老杜。

我，似乎只是案件的旁观者。

而海生，则还是那个粗暴、简单、凶狠而挑剔的男人，就算他在岁月的洗刷和牢狱的忍耐中，学会了礼貌、学会了克制、学会了谦虚、学会了忍让，然而他的内心却始终是粗犷的。这种粗犷的内心其实根本不可怕，因为它像平原，一览无余，只要你走进来，就能够看见所有，根本不需要太多猜测。不像老杜的内心，是那层峦叠嶂的山谷，是那不见人影的空山，是那听不见鸟鸣、听不见水声的深涧。除非你是他的亲人，除非他爱着你，想要让你看见他的整个世界。

所以认识了老杜这么多年，我愈发看清自己的内心，我是爱老杜的，然而这种爱绝非男女之爱，而是女儿对父亲的爱，一种寄托，一种依赖。当然，八年前，我对于并无血缘关系的老杜，也有过种种妄想，比如妄想他的拥抱，好奇地猜想他的情感以及他的暧昧会是什么滋味。然而人们对于看不清的美景，除了抱有美好的想象，还有畏惧和不安。

在和海生结婚后，我日渐了解他的性格——他的粗暴、凶狠、挑剔，曾经让我痛苦不已。然而终于有一天，我走进了他的内心，豁然开朗，那些粗暴、凶狠和挑剔，原来不过是平原上几块形只影单的怪石而已。虽然因为平原上一无所有，只有这几块怪石，所以它们显得那样突兀和明显，但它们丝毫不妨碍这里的天高地阔、简单透彻。于是我愈来愈爱海生，因为在他粗粝的外表下，藏着一颗简单而透明的心。只要你用心去体会，就能感受到那一望无际的平原上，炽热的太阳和温暖的风；只要你真心地爱他，就能找到那深藏在平原之下，喷涌着巨大能量的天然温泉。这温泉永不枯竭，因为从它发源的那一刻起，就酝酿了无可击溃的爱意，只待那种下爱的种子的人来发掘。

十五分钟还不到，嘹亮的军号声响起，老杜的手机铃声永远让我心跳不已。电话那头显然不是徐锋，因为老杜的口气很客气、很和气。

片刻之后老杜打开免提，我们听见一个好听的男声在电话对面说："您要了解哪方面的知识？"

"我想知道仙女座和仙后座在天空的什么位置？"

"看你在什么季节观察星空。"

"秋季，中秋节。"老杜斩钉截铁地回答。

"仙女座和仙后座是北天星座中的两个，因为靠近北天极，今年都可以观察到，这两个星座在秋天的夜晚特别耀眼。

"所以观察仙女座和仙后座，秋天最合适，秋天的黄昏之后，就可以在北天银河附近看到这两个王族星座。

"最容易辨认的就是仙后座。秋天的晚上，银河转到东北方，最容易看到的就是北天银河'岸边'的仙后座，它有5颗相当明亮的恒星，由3颗二等星和2颗三等星构成，排列成英文字母'W'的形状，开口朝向北极星。仙后座是一个可以和北斗星媲美的星座，其中可以用肉眼看清的星星至少有一百多颗，但特别明亮的只有六七颗。'W'形状的5颗恒星是识别仙后座最主要的标志。也可以通过把北斗七星的'天极'和北极星的连线向南延伸大约相等的长度，然后找到仙后座。

"仙后座的西面是仙王座，东面是英仙座。秋季，银河南边不远，有四颗闪亮的星星排成一个明显的四边形，这就是著名的秋季大四边形。四边形的三颗星都属于飞马座，只有东北角的那一颗星是仙女座α星。仙女座α星的目视星等为二等，白色。从仙女座α星往北约12°，再往东约5°是仙女座γ星，中文名叫'天大将军'。仙女座的主星系M31就在'天大将军'西边1°的地方。仙女座因为拥有M31，所以成为最受瞩目的星座，仙女座主星系M31也叫作仙女座大星云，位于仙女座的中心位置。

"秋季观察仙女座和仙后座，最好在晚上 8 点左右，仰望朝北略偏东的天空。观测的时间越晚，仙后座的位置越偏西。

"仙女座和仙后座每个季节都能看到，只是出现时间不同……"

电话里详尽而专业的讲解，让我几乎要晕掉，完全听不懂什么星座，什么 M31，我唯一听明白的就是："秋季观察仙女座和仙后座，最好在晚上 8 点左右，仰望朝北略偏东的天空。观测的时间越晚，仙后座的位置越偏西。"

老杜的电话还没挂断，海生就拿起铁锹，走到山顶的北面，也就是这座山的北坡，抡起铁锹开始挖。老杜挂断电话后吩咐田大地等一行人转移阵地，跟着海生到北坡挖掘。只见两名探工又开始以一平方米一个洞的密度在北坡下洛阳铲勘探，而其他人则抡起铁锹，翻开土地。

我蹲在海生旁边，看着他一锹一锹地挖，忐忑而紧张。这里挖出的泥土比山顶挖出的颜色略深。我从未接触过和地质勘探有关的案件，对于土层颜色的变化完全没有常识，只能惴惴不安地看着，不时捡出几块石头，擦净泥土，仔细观察。

突然，一名探工叫嚷起来："这是什么？"

转头看去，那名探工的洛阳铲下，有一段暗黑色的圆柱形泥块，和之前探出的干燥的块状泥土颜色不同。那名探工用铲头拨了一下那团泥巴，一团软软的东西剥离出来，他尖叫着迅速跳开："这是什么？"

海生忙大跨一步，迈到那团泥土前，还未等他站稳，老杜已经来到跟前，蹲了下来。不知何时，老杜已经戴上了白手套，他捏起那块软软的东西，放在鼻子前闻了闻，然后迅速放进一个透明的封口塑料袋里，果断地说，"没错，就是这里，挖，小心，尽量保持完整。"

接下来的一幕我无法描述，因为每逢这样的场面，我都难以直视。尽管童年时代，我曾经见过海生的人贩子"爸爸"的死；少年时代，我也曾经送走爱我疼我的垃圾婆；青年时代，我还亲手杀死了海生的舅舅老武，然而我却始终无法直面这样的场面。

人活着，有千万种活法，没有一种是容易的；人死去，有八百万种死法，任何一种都是一面镜子，有的会照出人变成野兽的面相。最惨的死法莫过于横死他乡，无人知晓。这具尸体，这具曾经被人厌恶、被人憎恨、被人巴结、被人献媚的白羽飞的躯体，就是最惨的死法。它就是一面镜子，照出魏明轩变成野兽的面相。

众神不是慈悲的，倘若有众神的话，为什么要安排如此不堪的死法？

为什么在这直视遥远宇宙的两个王族星座的浪漫之地，会有这样龌龊而罪恶的事情发生？

难道那掩埋尸体的人，就不怕浩荡宇宙的愤怒和指证吗？

十年花

白 夜 救 赎 之 王 族 星 座

看到尸体的那一刻，老杜的神情凝重，在他眼里，所有的尸体都是亡魂，无论生前罪孽如何深重，都应该留一丝死后的尊严给亡魂。

而海生的神情却是兴奋的。在海生眼里，善恶不过是一个硬币的正反两面，都有召唤的力量，无论召唤的是什么，都与我们无关。我们只需要做点自己想做的事情，做点对自己来说有价值的事情，这就够了。于是，当他看到这具尸体的时候，难免为成功寻到白羽飞、即将结案而感到兴奋。

然而我却茫然不知所措，这具腐烂不堪、臭不可闻的尸体，必然是魏明轩埋下的。又有谁能够把这具至少有一百五十斤的尸体从十多里之外的勘探现场不留痕迹地转移到这里？又有谁能够想到在这样一个荒无人烟的地方，这样一个面对着王族星座的地方深埋尸体？唯独魏明轩可以。

虽然之前的各种调查结果一次次将罪恶的帽子戴在魏明轩的头上，可在我的心里，还是巴望着有一线转机，能让那个风流倜傥的俊美医生免于死罪。

可当下，被害人白羽飞那具高度腐烂的躯体和支离破碎的衣衫，已无可回避地将那风轻云淡的小医生置于死地，真可谓王族星座的指证。而且就算没有经过 DNA 鉴定，就算没有拿到验尸报告，我们也可以无可置疑地认定，眼前这颗头顶尖额头窄、脑门凹陷、颧骨突出，看起来像一颗竖起来的枣核儿一样的头颅，就是失踪半年有余的白羽飞。

尘埃落定之时，我被巨大的茫然所笼罩。想这苍茫人世间，赤条条来，赤条条去，为何忙碌，又为何悲喜？最终还不是尘归尘，土归土，万事皆空……

海生体恤我，在等待潞州公安局的刑警到来的当口，拉我离开了那散发着不可名状的恶劣气味的惨烈现场，而其他人，在老杜的带领下，继续寻觅另一具可能存在的尸体。海生抓过一名探工的洛阳铲做登山杖，拉着我爬上山顶，走到阳光尚存的西坡。此时已是傍晚，夕阳西下，我和海生一起坐在陡峭的山坡上，面朝被晚霞染红了的远方，感受着夕阳的余温，等待那被巨大的茫然和恐怖冰冻的心慢慢回暖。

我一句话也说不出来，海生也默不作声，我们就那样安静地并排而坐，遥望着远方。世界那么大，然而对有些人来说，却无处隐遁，只有背负着沉重的过往，在生活那巨大的磨盘旁，蒙着眼睛，日复一日艰辛地劳作，一圈又一圈地煎熬着，一天天被岁月屠戮。海生把洛阳铲往地上一戳，然后抓着铁杆，不经意地慢慢捻动，慢慢用力，于是洛阳铲一点一点向下深入。

然而就在片刻之后，海生的手突然凝滞。他眉头微皱，右手抓紧了洛阳铲，使劲往下戳。我看见洛阳铲停顿了一下，然后继续向下。

海生松了眉头，冲我微笑，然后提起洛阳铲，铲头上的泥土里竟然有一片塑料纸，是那种常见的超市购物袋的残片。

"这里经常有人来？怎么还有塑料袋埋在地下？"海生说着，磕掉了铲头上的泥块，站起身来，在探洞旁重新打洞探寻。

我们谁也没有想到，这一次探上来的竟然有一沓纸片，这些纸片呈三角形，最上面一张略厚，显然这些纸片是一个笔记本的一角。

于是海生返回北坡，拎了铁锹来，急火火地挖起来。

几分钟后，一个常见的超市购物袋被挖了出来，塑料袋里有两个小小的笔记本。

我急忙打开沾满泥土的塑料袋，翻开笔记本。虽然这两个小小的笔记本已经泛黄，右上角还被海生的洛阳铲铲掉了，然而上面的字迹依旧清晰，而且，竟然与我和老杜在便利店沈美玉的衣柜里拿到的笔记本上的字迹一般无二！

天啊，这竟然是沈美玉的日记本！

难道，魏明轩把沈美玉埋在了这里？！

我一阵心悸，真怕再看见一具高度腐烂、面目模糊的尸体。海生重重地按着我的肩膀："安子，你守在这里，我去喊老杜。"直到今日，他嘴里还是叫"老杜"，从未变成"老爸"。

我惴惴不安地站在那个泛着潮湿的泥土气息、刚刚被海生挖开的小坑前，捧着那两个小小的笔记本，仔细察看。

这两个笔记本显然比我和老杜在便利店拿到的那个小笔记本要

老旧很多，纸张已经泛黄，翻开的时候封皮散落，以至于我不得不小心翼翼地捧着。此时此地，我捧着这样两本散发着泥土气息的日记，脚下可能就躺着日记的主人，一个曾经美丽、曾经冷漠、曾经备受凌辱、曾经备受委屈的女人的躯体。想到这些，我不免倒吸一口冷气，就算是西斜的太阳尚有余温，阳光照在身上，我还是感到浑身冰冷、胆战心惊。

还没等我看完一页，海生和老杜就带着三个人来了。

见我捧着塑料袋正在翻看小本子，老杜大喝："告诉过你，不要轻易碰任何东西！"

说着，老杜十万火急地托过我手中的塑料袋，另一只手从口袋里摸出一只一次性口罩，塞给了我。

"这又不是诸葛亮的坟，你那么紧张干什么？"海生瞥了老杜一眼，过来帮我戴上口罩。

老杜看着我们，叹口气，摇了摇头，又递过来两双手套，说："小心驶得万年船啊！"

于是，在他们又一次大动干戈勘探挖掘的时候，我躲在一旁，戴着口罩和手套，捧着塑料袋，继续翻看那两个小本子。

这一次，这两个小本子是真真正正的日记，没有诗词摘抄，只有日记。日记的起始日期是十年前的九月二十八日，算起来应该也是农历八月十五前后，到案发时正好满十年。

一个陌生女人十年前的日记

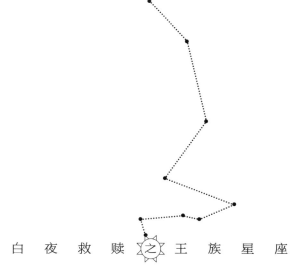

白 夜 救 赎 之 王 族 星 座

九月二十八日　衰

今天真是衰，上午面试回来的路上，刚出地铁站，就发觉有人掏我的口袋。等明白过来，手机已经没了，怀疑是身边一个戴鸭舌帽的矮个男人偷的，壮着胆子吆喝："把我的手机还给我！"他果然撒腿就跑。我穿着高跟鞋在他身后狂追，结果不仅没追上，还摔倒在地，右肩一阵钻心的痛。

下午去了地铁站对面胡同里的小诊所，早听房东大妈说过，这个小诊所的年轻医生治得很好，收费很低。

诊所很小，就比我住的地下室大一丁点儿。我进门的时候，那个穿着发黄的白大褂的医生正低头写毛笔字。当时我就想，如果这个看起来不务正业的年轻医生能够很快很便宜地为我止痛，让我的胳膊能尽快抬起来，就谢天谢地了。

我疼得完全没注意到这个医生长什么样，只知道他隔着衣服捏了几下我的肩膀，疼得我直咧嘴，然后他对我说，右侧的锁骨骨折了。真是衰，怎么摔了一跤就骨折了！

后来，这个医生要求我脱掉上衣，这让我极为尴尬。成年后，我还从没在男人面前暴露过身体。

他见我一脸拒绝，微笑着说："我得给你打绷带，你要是不想早点好，可以不打。"

当时我的脸一定特别红，我跟着他走进了白色的布帘里，坐在病床上，背对着他脱了上衣，可他竟然又要求我转过去，面对着他，这让我难受极了，面红耳赤、心跳加快、无法直视。

不过最终我还是转了过去，任他从两肩向后，为我在后背上打了一个"X"形的绷带。

走出布帘后，这个年轻医生收了我一根绷带的钱——10块，加上诊疗费15块，总共25块钱。他连药都没给我开，感觉就是个江湖医生。不过我也没钱去大医院看，爸妈走的时候什么也没留下，房子的月租也仅仅够我租房子用，我得省钱。

十二月十五日　可爱的小医生

今天我又去小诊所了，这是我第五次去看白医生了。他对我说，他不姓白，因为穿白大褂，所以大家都叫他白医生。我对他说，那就叫你"小医生"吧，你这么年轻，就是个小医生，他说好。

还不满三个月，我的锁骨就长好了，不觉得疼了，活动也自如了，小医生允许我拆绷带了。这次他没要求我脱上衣，从后面撩起来，帮我把绷带剪开了，然后我自己把绷带给扯了下来。这还让我好受点，不至于光着上身面对他。

这几次去，才仔细端详了小医生。他长得挺好看，很帅，我问他怎样才能预防再次骨折，他说我有点缺钙，多喝牛奶，多吃绿色蔬菜。他还说我的运动机能太差了，应该多活动。我说健身房太贵，去不起。他说如果早上起得来，可以到地铁站东边的河堤上去找他，跟他学武术。我很好奇，他会武术？

一月一日　元旦

今天元旦，又正好是周日，郭姐说可以休息一天，回家看看。我没告诉她我父母的事，没打算在她的古董摊久待，就没告诉她。这片市场快拆了，春节后我想去三环附近的典当行应聘。

还不如不休息，一个人好无聊。晚上吃过饭有点反胃，出去走了走。路过小诊所，看见亮着灯，就去找小医生要了几片酵母片。小医生竟然在包饺子，他包得乱七八糟，各种形状。我笑他，他还解释说，这个是西瓜饺子，那个是葫芦饺子，太搞笑了。我给他包了一盘像样的饺子，就算感谢他三个月来对我的关心和帮助吧。感谢上上个月的那个时候，肚子疼找到他，他送了我两包姜茶；感谢上个月感冒了，他卖给我五毛钱两包的板蓝根。总之，他是个好心的江湖医生。

我只和他学了几次武术，太难了。他让我天天下班回家的路上踮脚走路，锻炼身体，我也做不到。

包完饺子，他请我一起吃，反正我也无聊，就帮他煮了饺子，不过我只吃了两个，胃不舒服，吃不下。他问我春节回家不，我跟他说自己没家了，他说他也没有家，如果春节没事，可以一起去荒野探险。

真是一个有趣的小医生。

一月二十八日　除夕

心心念念一个名字，未免心苦，说，不可，怕被嘲笑；不说，闷在心里，寝食难安。纵已经风雨，心仍未冰封。恨自己。说了，若被嘲笑，倒也断了这份愚念，只可惜若因此失去心灵的出口，再无可诉。

只恨自己修心不足，二十已过，父母已亡，尚不能断了杂念，安顿好自己的内心。

罢了，随他嘲笑我、骂我、鄙视我，也不可不说，但求他将此藏在树洞里，留我一张面皮。此后，若愿为友，必如前。

本以为父母走后，余生再不会有温暖，没想到如今，心头像系了一根细细的绳，缀满了一个名字和一张面孔，紧箍咒般时时刻刻束紧着，越想挣脱，越觉揪心。恨不能如电脑般，将属于这个名字和这张面孔的文件删除，可越纠结，这绳索便收得越紧，醒来是他，梦里还是他。

此情无计可消除，才下眉头，却上心头。

对小医生的念想有些紧张，又有些热切，有点像某君在诊所里给病人熬制的中药，没有大火煎，只是小火熬，便一日日浓厚起来，收紧了心头的绳索。其实自己一直在撇清，连话都说得很清静，可心里却愈发难受，有一种想要向他奔去的欲望。这欲望日复一日强烈起来，就连昨日路过诊所，都觉得离他已然很近。也是奇怪，人也能像吸铁石一样，有磁力吗？说起来，貌虽出众，财不惊人，也算不得国民男神，如何就在我心上套了绳索，让我痛苦不已，无可卸除。唯愿他自毁形象，将自己的不堪之事抖搂出来，也让我灭了心头的念想，可惜某君一向洁身自好、不近女色，也很少提及自己的过往。

一月二十九日　大年初一

今晨五点醒来，心里脑里还是甩不掉那个名字和那张面孔，便爬起来写日记，竟很难入境，怎么写都觉得心里不安定，往日总能将我的心事安放的你——我的日记，竟也无法让我沉浸下来。

只好任由笔下行走，写下心事。

昨日说出口，心头倒轻松了几分；可回来后，却更加难安，只可惜自己已不是二八少女，且父母皆亡，唯有自己可以照顾自己，所以要挣钱、要工作，决不可随心而走。

昨日还做了一首小诗送给某君，虽然蹩脚，好歹也假以诗词："东边日出西边雨"，本以为某君能隐约想到下半句，不想某君竟然说前后不押韵，只好顺着他的话去解释这首蹩脚诗的由来。某君也是有趣，心思倒也简单。

人生的疯狂皆有根源，却不知自己此次的根源何在，也许正如某君所说，内心压抑了太久？可父母已亡，无人温暖，虽然压抑，无可逃脱。

算起来，从父母离去到现在，已近两年，未曾对任何人心心念念。回想这二十二年，也曾对他人产生过幻想，却终以"把最好的自己留到洞房花烛夜"而放下。只是追究内心，倒还真没有为谁如此寝食难安过。而此刻，我却很想要一个温暖的家，而某君，不知是否愿做我的家人。

已在桌前坐了两个小时，这些写出来，不知心头能否放下。

也许某君在心里是嘲笑我的，他已三十有余，也应爱过恨过，哪里会在意我这样一个其貌不扬、不善言辞的姑娘。其实我也知道，不过是在自取其辱，但这条绳索勒得我喘不过气来；只有说出来，才能呼吸。

昨天走的时候，不知该说什么，只说了一句"晚安"。他答："好好休息。"心头骤然温暖。就算被嘲笑、被鄙视，至少这点滴温暖，也让我好过一些。出门后，我忍不住又回头说："晚安。"某君亦答："晚安。"我心莞尔。

临睡前竟然又想，要不要找个大仙给占卜一二，是不是有什么宿缘，让我如此难过，寝食难安。可真要卜出一二，我是顺应天意，还是……而如今，我又该何去何从？

算了，想完写完，再去躺会儿。

不管某君怎么想，约好明日和某君一起去城市探险，便将自己抛给某君吧。

某君说明天要给我讲采药的故事，讲高杆船技。要去的地方是附近的环路边，必定有不少路人，他也不会有什么不良之心。再说，认识这么久，他从未有过什么不当的举动。

唉，既然此心由他而起，便任由他牵引吧。

　·············

　　如此多的日记，我一时实在无法看完，于是干脆翻到第二本的最后一页，没想到，这最后一篇日记，竟然是一封写于两年后的诀别书。

诀别书

白 夜 救 赎 之 王 族 星 座

六月十六日　与君绝

从没想过，自己会这样难过，难过到整个胸口都像被巨石碾压，沉重的疼痛，喘不过气来。

如此难过，只因为，我真的，真的要告别某君了。

不是赌气，也不是迫不得已，更不是就此离开，而是要从心底里，彻彻底底地告别某君了。

不是因为母老虎的逼迫，也不是因为某君欺骗了我，更不是因为已经离开他身边很久了。那些过往，不过是爱情道路上的小颠簸，并不足以让我对某君的爱坠入深渊、万劫不复。而现在，这份爱已经翻覆，坠入无边的沟壑，再不复生。因为，我已经，是别人的人了。

我背叛了某君，背叛了自己，在有关爱情的故事里，我再也无法继续，我已支离破碎。

曾经以为，这一生，只可能某君负我，我绝不可能负某君，然而，某君的碎心一跪尚未从脑海中消散，我竟然就……

左手手腕的割痕依旧触目惊心，不过我已经不再想死了。也许每个人都有命定的劫数，就算白先生强暴了我，我也只能当他是我的劫，我只希望，历劫会让人飞升。

从那天到现在，我都没有哭，只是难过，压在心上，每时每刻都在那里，搬不动，又躲不开。曾经以为，此生只有某君一个人，一生一世，至死不渝。可如今，不是某君背弃了我，而是我，再也回不去了。

从那天到现在，我一直觉得全身都在痛，从内到外的痛，痛到抬不起头、吃不下饭，周围的东西都在晃，眼前的天似乎一闭眼就黑了，再也不会天亮。

我被困在"背弃"的铁笼里，终我一生，不得解脱。

我多么希望，在那天，我能给时间按下暂停键，可我不是神，我按不了暂停，只能被时间杀戮。

我无法喘一口气，继续生活。无奈没有如果，没有除非，没有反转，只有煎熬……

晚上9点的时候，我终于下定了决心，我要喘一口气，我要继续活下去，所以，我要毁掉心中的爱情，毁掉某君心中的我。只有这样，我才能继续活下去，爬出"背弃"的铁笼。

于是，我艰难地拨通了某君的电话。

期盼之中，意料之外，某君的电话号码并没有变，当他的声音从话筒那端传来的时候，悲伤排山倒海般袭来，我无法压抑，抽泣起来。

他在电话那头连连惊呼："美玉，是你吗？美玉，是你吗？"声音穿过时空，敲击在我的心上。

我的心突然就软了下来，想要奔向他，想要不顾一切地奔向他。

然而擦眼泪的时候，眼皮被右手中指上的戒指划了一下，火辣辣地疼，我猛地哆嗦了一下，不、不，我不能哭，我要告诉某君……

不知过了多久，我终于不哭了，某君就在电话那端静静地等着我，等我哭完，开口说话。

我最终，还是对某君说："我要准备结婚了，你，忘了我吧。"

某君在电话那头惊恐地大叫："不，美玉，不，美玉，你说什么疯话！你在哪儿？快告诉我！就算你现在正在举办婚礼，我也要把你抢回来！美玉，美玉……"

我深深地吸了一口气，左手按着剧烈起伏的胸口，一字一顿地说："对不起，我离开你，就是因为，我已经，已经和别人，和别人在一起了，所以，我不能再和你……"

"美玉，你说什么，你说什么！那只母老虎来之前，你不是一直和我在一起吗？你说什么胡话？！"

透过某君焦灼的声音，我仿佛看见他眉头紧锁、剑眉倒立。

"不，我没有说胡话，在她来之前，我就认识了现在的对象，而且，我当时就背着你、背着你，背着你和他……"我泪如雨下，再也说不出一句话，只能咬紧下唇，无声饮泣。

对不起，某君！对不起！我只能这样毁掉这段爱情，这辈子，我再也回不去了！我不敢、不愿、不能再留一份美好的记忆给彼此，我要毁掉它，哪怕抹黑自己，我也要毁掉它！

记不清自己是什么时候挂断的电话，总之某君的声音越来越远。

我知道，我已经葬送了我们都以为将伴彼此一生的挚爱，我已经毁掉了自己在他心中所有的美好。

遇一人白首，择一城终老，已成幻梦。对不起，某君，我们此生无缘，后会无期，来生再聚吧！

看到这里，我已然明了，这场爱恨，终究离散。倘若沈美玉真的已经离开人世，愿她泉下有知，我愿为她雪冤，以祭亡魂。

抬头却看见一脸茫然的老杜和海生，地面已经被挖得千疮百孔，夕阳不再，暮色笼罩山顶。

老杜叹了口气，无奈地说："看来沈美玉没有埋在这儿，我们走吧！"

怎么可能？难道魏明轩还有别的埋尸之处？

望着西方那即将被黑暗吞噬的一抹猩红，我为这两本日记的主人，为那香消玉殒的女子感到无限悲凉。

当晚，我和海生一起认认真真地看完了这两本日记，还说了很多很多的话，天亮时分才睡下。

这两本日记的内容，中间部分读起来还算愉快。

小医生其实无意招惹沈美玉，是沈美玉自己陷了进去，然后一次次留恋诊所，甚至提出要给小医生做助手，向小医生学医术、学武术。

对于沈美玉的热忱，小医生一次次拒绝，屡屡退缩，不愿有所挂碍。他甚至关了诊所，意欲逃离，却在附近的高架桥上被沈美玉堵住。小医生执意要走，沈美玉就在后面哭着追，桥下无数人看风景，桥上只有这对痴男怨女。

这样的追逐反反复复，闹得满城风雨。直到二人相识第二年的农历八月十五，沈美玉和小医生对月饮酒，沈美玉诉说悲肠，小医生酩酊大醉，二人酒后乱性，终成佳偶。

后来二人感情愈久弥深，小医生带沈美玉去了很多地方，到丹霞山去采药，到福建去看木拱廊桥，到浙江去看高杆船技……小医生还带沈美玉玩过很多好玩的。病人们用各种东西来抵偿医药费，有吃饭的代金券，还有滑雪票、温泉票、马术比赛入场券、文艺汇演入场券、射击馆门票、击剑馆课程券，等等，于是二人滑雪、泡温泉、骑马、射箭……沈美玉跟着她的某君，游走人间、乐此不疲。

在二人相恋的一年多里，沈美玉怀孕三次，虽然每次小医生都要求沈美玉放弃，但因为有小医生精心的照顾和调理，沈美玉的身体并无大碍。相反，因为日日跟着小医生习武，柔弱的沈美玉倒练出一身难得的力气来。

不过最终，沈美玉还是发现，某君有妻，还是悍妻……

沈美玉一气之下离开小医生，没想到却在古董店里，被白羽飞强暴……

联想到之前和老杜在便利店的衣柜里拿到的小本子，我不禁感慨万千。

世事弄人啊，如果不是当年魏明轩的悍妻寻来，气走了沈美玉；

如果沈美玉没有遇到白羽飞，没有被白羽飞强暴，那么，这恐怕就真的是一对神仙眷侣的幸福日志了。

可惜、可惜，天意弄人，最终一切的一切都变了样子，最终不过是一场孽缘，铸成了最后的恶果……

合上日记本，我难免感叹，沈美玉真可怜，比我还可怜，而魏明轩和白羽飞，都是坏人。

然而，海生在我的这番感叹之后，却狠狠地说：

"坏人？坏人都是好人惯出来的，你们这些女人，都是懦夫，都是胆小鬼！早觉痛苦就早离开呗，离开又能怎样？离开魔鬼总比守着魔鬼要开心吧？你们都是懦夫，沈美玉是，你也是。你们不过是害怕面对，害怕面对不可预知的未来！当年要不是因为害怕，你怎么会在法庭上低头？你毁了你的人生，也毁了我的付出！你们女人都是胆小鬼！你们的善不是真正的善良，是懦弱，是退缩！正是因为你们的善，激发了对方心中的恶；正因为你们一味地善，让对方心中的恶无限膨胀。"

海生的愤怒让我恐慌，我万万没有想到，海生会这样想。

"不、不，海生，不是你想的那样！你没有被践踏，你感受不到沈美玉的痛苦和仇恨。"

"没有被践踏？你又不是不知道，我不到五岁就被杜长天给扔了，不到五岁就被那个该死的人贩子逼着去偷东西，不到十二岁就被鸭头三万块钱给卖了，我还没有被践踏？你们所谓的践踏，不过是一点点屈辱而已，根本不值一提。你从小就有垃圾婆保护，垃圾婆死后，你在养父母家过着正常人的日子。而沈美玉的父母在她大学毕业前才车祸去世，嫁给白羽飞之后，沈美玉又走进了一个正常的家庭，所以你们的人生根本谈不上被践踏。沈美玉被白羽飞踩在脚底，就是因为她懦弱！没有我的那晚，你一个人不也杀死了老武？甭管男人女人，要想反抗，谁也拦不住，只是她懦弱，她不敢反抗而已！"

那晚，海生的话让我久久不能入睡，懦弱、懦弱、懦弱？

当年，老杜和他的哥哥们把还是婴儿的我偷走。在把我送给人贩子的路上，老杜把我和海生做了调换，难道是因为他懦弱？

六年前，我杀了老武之后，和海生一起走进石门监狱，难道也是因为我的懦弱？

不，海生，你误解了，很多时候，我们不是懦弱，我们是不舍得、不舍得、不舍得……

正如沈美玉一生的冷漠和仇恨。没有爱，何来恨？她一直在寻找，终不舍得……

最终揭秘

白 夜 救 赎 之 王 族 星 座

虽然沈美玉的尸体最终并未找到，但白羽飞的尸体找到了。**魏明轩对谋杀白羽飞和沈美玉供认不讳，此案就此真相大白。**

而此时，我的心情却无比空洞，宛如一场悲悲切切的爱情大戏落幕，剧中人终都离散，留给观众的，只有无穷的怅惘和遗憾。

老杜开始着手整理卷宗，准备参加公审。判决结果毫无悬念。而我和海生的工作，也算告一段落。

不过在老杜看来，此案还有很多疑点尚未揭开，比如他一直纠结的窗脚，比如沈美玉的尸体到底在哪里？虽然魏明轩承认杀了沈美玉，但他对于藏尸之处却始终三缄其口。

从潞州返回北京之前，老杜从潞州公安局领了一样东西，那就是白羽飞四处炫耀的那台二手笔记本电脑。海生在石门监狱的时候，除了和我一样帮助石门监狱建设图书角之外，还自学了电脑维修。虽然海生从小没上过学，但是自学能力和动手能力都非常强，尽管他根本不认识电脑上那些代表指令的英文单词的含义，可他却能够凭借牢记那些字母来进行电脑格式化、分区、重装系统等复杂的操作。而且他还能够拆装电脑硬件，将那些老化的硬件用酒精或橡皮擦拭之后，让它们继续服役。所以老杜将白羽飞那台被雨水浸泡无法修复的电脑领出来，交给了海生。

老杜笑着对海生说："如果最后的种种疑点，你能从这台电脑里破解一二，我就给你发奖金。"

海生眯着眼睛，用鼻子哼了一声，挑衅地看着老杜，接过电脑。

在我看来，此时此刻，这场大戏的帷幕即将落下，一切已经明了。沈美玉一直在寻找白羽飞，就算她说了一万遍，想要杀死白羽飞，然而她在心底里却还是渴盼那份温暖，那份来自白羽飞的父母以及来自白羽飞的家的感觉，她渴盼白羽飞仍旧爱着她。在沈美玉寻找白羽飞的这几年里，二人不可能从未见面，也不可能没有发生过争执。但不管怎样，沈美玉绝对不可能杀死白羽飞，因为在她的心底里，始终还在渴望，渴望能再次回到那个家，再次得到那份名正言顺的爱和温暖。所以即便白羽飞站在她面前，再次嘲笑她是不下蛋的母鸡；即便她手持利刃指向白羽飞，最终，她还是会落下泪来，求白羽飞不要离开她，求白羽飞再爱自己一次。就算她明知无望，不再哀求，也难下狠心，杀死曾经与自己同床共枕的前夫。

所以，我对魏明轩的供认不讳深信不疑。此案错综复杂，谜团重重，可最终还是因为爱的纠葛，因为钱的诱惑，导致了可怕的罪恶。

对于在此案中曾经让我心存怜意的小医生魏明轩，此刻，我难免心痛。如此一个男人，原本应该潇潇洒洒、心无挂碍、游走人间，没想到，却终因爱恨和金钱身陷囹圄。

　　然而我们谁也没有料到，公审之前竟然又出蹊跷。潞州公安局的尸检报告出来了，让人匪夷所思的是：白羽飞腐烂的尸体和尸体周边的土壤里并没有致命的黄曲霉素。也就是说，白羽飞并不是死于黄曲霉素中毒！

　　对这个让人惊愕的消息，老杜详细地向我和海生普及了有关黄曲霉素中毒的科普知识。黄曲霉素是一种毒性极强的物质，比砒霜毒68倍，比氰化钾毒10倍，是目前所知致癌性最强的化学物质之一。它不易溶于水，极为耐热，一般的水洗、烹调都难以去除。正常人摄入20毫克就会死亡。

　　黄曲霉素是黄曲霉、寄生曲霉等产生的代谢产物。黄曲霉是一种常见的腐生真菌，多见于发霉的粮食及其制品中，菌落呈黄绿色，所以叫黄曲霉。

　　如果白羽飞的确死于黄曲霉素中毒，那么他体内残留的黄曲霉素在这几个月里，由于分解慢，不易溶于水，耐高温，必然不会完全消散；相反，它会伴随着尸体的腐烂而成倍增加，从而使得腐尸及周边土壤中的黄曲霉素大量积累。而在肝脏部位腐烂的组织中，必然存在一定量的黄曲霉素。然而尸检报告却显示，尸体有关组织和周边土壤中的黄曲霉素含量并无异常。这就说明，白羽飞的死因并不是黄曲霉素中毒。

　　这个消息让我颇为震惊，白羽飞竟然不是被毒死的，那么他究竟是怎么死的？

　　由于尸体高度腐烂，已无法探查死因，只能初步判定白羽飞有可能是被打死或者掐死的。

更让我们吃惊的是，尸检报告里还有一条信息，那就是虽然白羽飞的躯体已经腐烂，但是头发还较为完整，通过对发丝的检验，发现有部分被烧焦。

白羽飞的尸检报告让我和老杜、海生迷惑不解，甚至让徐峰都困惑不已。

难道魏明轩的供述是假的？白羽飞不是被毒死的？那为什么简易房内地面堆集的泥土中黄曲霉素含量非常高？而魏明轩为什么要承认自己投毒杀死了白羽飞？

那天暴雨倾盆，白羽飞的头发为何部分被烧焦？难道魏明轩曾经试图焚尸灭迹？无法实现后，才想办法弄坏了屋顶，让大雨浇灌进来？

于是老杜带着我和海生走进石门监狱，再次提审魏明轩。

此时的魏明轩，显然已经没有了之前的风轻云淡、风流倜傥。此时此刻，在石门监狱阴暗的接待室里，这位目光茫然、一脸无谓的"小医生"，倒让我想起了"死猪不怕开水烫"这句话。

老杜也没必要再绕什么弯路了，他直入主题："魏明轩，坦白从宽，抗拒从严，你老实交代，到底怎么杀死的白羽飞，把整个过程再详细陈述一遍。"

魏明轩抬起了头，眯着眼睛，歪着脑袋，一脸浑不吝的冷笑："怎么？又有新发现了？每次一有新发现，你就来问我，你干吗不

问问自己呢？"

老杜脸上有点挂不住，咳嗽了一声，厉声说道："老实点，你到底怎么杀死的白羽飞？你说你毒杀了白羽飞，可为什么尸检报告显示没有中毒？"

魏明轩的眼神闪烁了一下，肩膀似乎也轻轻地抖了一下。"你们找到尸体了？哼，看来我还是低估了你们。不过下了毒药，就一定会被毒死吗？"他眯着眼睛问。

"问你呢？"海生有点沉不住气。

魏明轩眨了眨眼睛，想了想，回答："如果他不是被毒死的，是不是可以判我无罪呢？"

"魏明轩，别做白日梦了。不管是不是被毒死的，你都逃不掉。你连害两命，抛尸灭迹，罪不可恕。"老杜突然提高了声音，浑厚的男中音在接待室里回响。

魏明轩耸了耸肩膀，喃喃地、断断续续地说："我是下了毒，可那晚风太大、雨太急，我等不了太久……眼看大风就要把房顶掀翻，我怕房顶掀开后会有人来帮忙，就闯进屋子，拳打脚踢，打死了白羽飞。然后把尸体背走了……"突然，魏明轩提高了声调，语气里充满了戏谑："就是这样，你们满意了吧？"

对于魏明轩的态度，老杜十分恼火，狠狠地说："如果你说的不是真话，罪加一等！"

魏明轩又耸了耸肩，一脸无谓，眯起眼睛皮笑肉不笑地问："你们找到那个破烂货的尸体了吗？"

老杜不置可否，直直地盯着他。

魏明轩冷笑着，缓缓地说："那你们就慢慢找，愚公移山，总会找到的。"

"你是怎么杀死沈美玉的？"海生盯着魏明轩问。

"她？她早就该死了！女人没有一个好东西！遇见她之前我守身如玉，遇见她之后我弱水三千只取一瓢，可她竟然敢背叛我！从来只有我负天下人，没有天下人负我，我才是无限宇宙之王！她走之后，我流连花丛数年，竟然又遇到了她。她既然做了我的女人，活着就应该为我而活，背叛了我，就应该死在我的手里……算她命大，多活了这么多年……"魏明轩眯缝着眼睛，咬牙切齿地说，话语间的冰冷和凶狠让我不寒而栗。

走出石门监狱的时候，我和海生都沉默不语。毕竟我和他都在这里住了好几年，触景生情，心生悲戚，所以不想多说一句。

走出大门后，海生回头望了一眼，意味深长地说："如果魏明轩精神没问题，那他一定是个控制狂！"

老杜叹了口气，幽幽地说："你们有没有想过，为什么沈美玉和魏明轩会一起出现在恭家堡农商银行？"

我转脸看向老杜："为什么？"

老杜茫然地摇摇头："我也不知道为什么，可为什么不是黑衣人和魏明轩一起出现呢？"

"沈美玉没办法再扮演黑衣人了吧？农历八月十五晚上那么大的雨，她的衣服一定全都湿透了。"我轻声答道。

海生却低声问道："难道魏明轩有意暴露沈美玉？"

老杜没再说话，眉头始终紧锁。

大幕合拢之后

白 夜 救 赎 之 王 族 星 座

不管怎样，这起案件的各个环节证据连贯，失踪人白羽飞的尸体已经找到，嫌疑人魏明轩对所犯案情供认不讳，终于可以结案了。

公审那天，老杜去了，我和海生没有到现场去旁听，毕竟此案再无悬念。海生闷在蒋宅口，专心研究白羽飞的二手电脑，而我也总算可以休息一天，收拾收拾屋子，好好给自己和海生做顿饭。

这台二手笔记本电脑，海生捣鼓过好多次，每次都无果而终，这一次估计也是这样吧。直到夜幕降临的时候，海生还坐在那台笔记本电脑前，而那台笔记本仍旧没有丝毫"复活"的迹象。

我打开灯，喊海生吃晚饭。

就在这一瞬间，我听见海生倒吸一口冷气，转头看他时，他已经将笔记本电脑竖了起来，侧面朝上，迎着光亮晃动着。

"怎么了？"我好奇地问。

"这张无线网卡的天线上有摩擦的痕迹。"海生的语气听起来充满了迷惑。

"什么痕迹？"我凑过去看。

这台笔记本电脑随机携带的是那种比较老旧的插入式的 CDMA 无线网卡，无线网卡的外露部分带有一根可以拉长的天线。潞州公安局保管得当，这根天线完好无损。

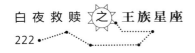

"天线拉来拉去，自然会有摩擦的痕迹。别钻牛角尖，吃饭吧。"说完，我拉海生坐在了餐桌旁。

然而直到晚饭结束，海生始终没有说话，一直若有所思。

次日，老杜打来电话，说昨日当庭审判，魏明轩被判无期徒刑。他并未在法庭上做任何辩解，就连为他指定的辩护人请他回答相关问题，他都一脸冷笑，一言不发。以至于大家对他的一致看法是：连杀两命，无视法律，罪大恶极。

这起案件就此尘埃落定，就算沈美玉的尸体尚未找到，就算在老杜心中尚有一些疑点未曾揭开，但是魏明轩连杀两命、抛尸灭迹，已被证明是确凿无疑的事实。

几天后，徐锋请老杜吃饭，老杜带上了我，当然也带上了海生。

徐锋对于老杜的见证人——我，以及老杜的新见证人——海生，当然无法给予物质上的奖励，不过他也直白地说，老杜带着我们一起办案，节省了队里的人力，所以他必须请老杜吃饭。这也是他的惯例，之前的两年里，每次老杜顺利结案，徐锋都会请老杜和我吃饭。而老杜在这两年里，每年年底都被评为先进，都有一份不算丰厚的奖金。当然，这份奖金和他日常开给我的"职务工资"相比还是少了一些。老杜以前也屡次被评为先进，但考虑到平衡与和谐，徐锋不会年年都把先进颁给老杜。不过这两年，老杜办案更加利落更加积极，兄弟单位来求助，徐锋也每每搬出老杜这张王牌，所以老杜也就顺理成章地连续两年被评为先进。

对于此案，徐锋并无高论。准确地说，一般情况下，徐锋对于案件详情并不十分关注，只要尽快抓到罪犯，公诉公审顺利，他就心满意足了。然而席间，老杜却有些沉闷，虽然他一向都不活跃，但是这一次，他明显郁郁寡欢。

徐锋自然看出一二，问道："结案了，还有什么不开心的？"

老杜叹了口气，答道："我也算阅人无数，抓过那么多人，多少能看出点端倪，可没想到这次我的直觉出现了偏差。"

徐锋给老杜倒满酒，笑着说："你的意思是，这一次你的推理错了？你本以为罪犯是别的什么人？"

"倒不是推理错误，是直觉。凭直觉，我认为魏明轩就是一个浪荡公子，自由、放纵，却不凶狠，也没有太多心计。虽然所有证据都指向他，可我真想不到他会做那样的事情。"老杜摇了摇头，叹了口气，举杯一饮而尽。

海生始终没有说话，一个人自斟自饮，徐锋几次和他搭话，他都敷衍了过去。我看见老杜冲徐锋使了个眼色，想必徐锋也听老杜说过他们父子的关系，也就不再和海生搭讪。

我心里也不是滋味，怅惘地说："有时候最沉默寡言、最风轻云淡的人，却可能是最心狠手辣的人；有时候看起来最不在乎的人，内心却可能正在燃烧恨意的怒火，甚至烧到无法自已；有时候脸上空空如也的人，内心却可能正在爱得发狂，甚至爱到失去理智。再智慧的头脑也无法抵御被欺骗、被背叛的怨恨；而再冷静的头脑，

也无法对抗鬼迷心窍的激情。

"善恶只是一个硬币的两面，美丑也只是每个人心中的臆想。对于有的人来说，他所追求的，不仅仅是自由的生活，更是自由的主宰，主宰自己的人生，主宰属于自己的一切。在魏明轩的心里，也许并没有法律的准绳，他所遵从的，只是自己的内心。就像他所向往的宇宙，苍茫而空旷。在他的世界里，一切只为自己而存在，只为自己而开放。"

审判过去一个月后，我接到了海潮的电话。他问我若找到沈美玉的尸骨，可否通知他。他说夫妻一场，好歹也要为沈美玉修个坟、立个碑，好有个念想。我长叹一声，看来这世间还依恋沈美玉的，也只有这个老男人了。然而我却没有答应他的要求，沈美玉生前所恋之人非他，死后必定也不想与他共眠地下。我对海潮说："逝者已矣，生者如斯。每个人都有自己的归途，不必再惦念，往前走吧。"他长叹一声，挂断了电话。

一年后的一天，徐锋告诉老杜，潞州勘探现场的施工方打来电话，说下个月举行竣工揭牌仪式，请我们去剪彩。打电话的人还说："你们多来几个人，给我们压压邪气！"

一个月后，工地新楼竣工，徐锋、老杜去参加揭牌剪彩，我和海生跟着老杜重返潞州。

重返勘探现场，内心颇为感慨，望着刚刚竣工的潞州工业园区，我禁不住轻声叹了口气。在未来熙熙攘攘的街道上，会有多少匆匆忙忙的过客，又会有多少人为名来为利往？可又有谁知道，在这片土地下，曾经埋过多少亡魂，发生过多少离奇曲折的爱恨情仇，上演过多少罪孽深重的血腥案件？

当现场的 LED 大屏幕上滚动播放施工过程的精彩片段时，我低头陷入沉思。

突然，我听见海生"咦"了一声，转头看他，却见他瞪大了眼睛，死死地盯着大屏幕。

我忙看向大屏幕，上面正在播放反映施工过程中各个阶段进展情况的影像资料，当下播放的画面是刚刚勘探过的工地，白羽飞曾经住过的简易房还立在工地一角。

我轻声问："怎么了？"

他冲我微微一笑，耸了耸肩，说："没什么，看到了那个简易房。"

"是啊，也不知道那个医生现在在石门监狱里过得怎么样，希望他能好好改造，争取减刑。也许他在监狱里也可以治病救人吧！"我轻声感叹。

"安子，跟老杜说说，把这份资料拷贝过来。"海生看着我，一脸严肃。

"干吗？这是你参与的第一个案子，要留作纪念吗？"

"算是吧，你去跟老杜说，这份资料很有价值，让他找施工方拷贝。"说着，海生从裤兜里掏出 U 盘。

　　勘探现场失踪案和沈美玉失踪案结案后，海生一直忘不了白羽飞的笔记本电脑，无奈已经被雨水严重浸泡，而且本身就是二手电脑，还修过几次，很难再"活过来"；硬盘也因为遭受过浸泡和磕碰，无法恢复，所以尽管海生想尽办法，拆了装，装了拆，还买了几个配件，但这台白羽飞的遗物，他生前引以为豪的二手笔记本电脑，最终还是拒绝"复活"。不过海生还是乐此不疲，并以这台电脑为基础，继续广泛地探索各种有关电脑的知识。这让我欣喜非常。海生也因此养成了随身携带 U 盘的习惯，看到有价值的学习资料，随时拷贝下来。

　　海生和老杜的关系还是没有什么实质性的进展，虽然每逢节假日，我都会张罗三个人一起聚餐，希望给老杜和海生带来一些类似家庭聚会的欢愉气氛。然而这对父子之间，永远隔着无法逾越的鸿沟，以至于老杜虽然已经可以坦然、自然地吩咐海生去做什么，但海生要请老杜做什么，却始终拿我当传话筒。

　　我找到坐在第一排的老杜，贴近他耳边说："海生要刚才那份影像资料，你能不能和施工方说一下？"

　　老杜略微皱了皱眉头，然后眉毛一挑，微笑着说："好"。

　　几分钟后，我走进潞州工业园区设备管理间，把 U 盘交给了一位工作人员，拷贝了那份资料。

石破天惊

白 夜 救 赎 之 王 族 星 座

　　如今，当我再次回顾这个故事，写下勘探现场失踪案和沈美玉失踪案的最终结局的时候，内心充满了悲伤，眼泪止不住想要掉下来。

　　事实上，这是我们谁都没有想到的结局。我，没有想到；老杜，没有想到；海生，也没有想到；徐锋更没有想到。连沈美玉和魏明轩，都没有想到。而死去的白羽飞，更是不可能想到。

　　如果要用一句话来概括这个结局，我只能说：众神是慈悲的。

　　竣工揭牌剪彩结束后，施工方请大家聚餐，老杜陪徐锋一起留在潞州，而海生则拉我回了北京。

　　我其实并不拒绝和老杜他们一起吃饭，我是典型的金牛座吃货，这两年内心没有了那么多的紧迫和忐忑，爱吃的天性就逐渐释放了出来，所以对于吃饭，我倒是来者不拒。

　　可海生却非要拉我回北京，他说有正事要做，要我赶紧跟他一起回去。海生执拗起来，可比老杜可怕得多，所以对于海生的要求，只要不是特别不当，我一向都是顺从的。

　　海生忙不迭地拉我回了蒋宅口，路上就买了几个包子当作午餐。

　　一进屋，海生就打开电脑，把U盘插了进去，一遍遍看那份影像资料。这让我颇为好奇，便搬了把椅子，坐在海生旁边，跟着他一遍遍看那份资料。

"你看出什么特别的地方了吗？"海生问。

我摇头。那片工地我和老杜、海生一起去了多次，已经看得非常仔细了，这份影像资料里也就播放了两段有关工地勘探过程的视频和一系列勘探进程的照片，没有什么特别的。

最后海生定格到一幅画面上，然后截了图，拉到看图软件里，放大再放大。

这是白羽飞生前所住的简易房的照片，是从房后的工地上拍摄的，照片里仅能看到简易房的后墙。

海生不断放大这张截图，直到后墙上的窗户占据了整个屏幕的三分之一。

"看到了吗？"海生问。

"看到了，不过看不清楚。"我回答。

"看到了什么？"海生语气急切。

"哦，看到了防盗网……哎？这是什么？"我发现屏幕上防盗网的一根不锈钢柱子上有一处黑色痕迹。

在整个截图上，简易房只占据了工地场景的一角，而海生却把简易房的窗户放大到占据屏幕的三分之一，所以那块黑色痕迹成了阴影。这块阴影不完全附着在不锈钢柱子上，它向外突出，倒像半截从不锈钢柱子上长出去的小树枝。

海生没说话，不断地按动鼠标，一遍遍放大，又一遍遍缩小。

他死死地盯着屏幕，两腮鼓起、嘴唇紧闭、神色紧张，宛如看见了妖魔鬼怪。我默不作声地看着，情绪也紧张起来。

这是什么，这是什么？

时间仿佛在空气中凝结，房间里充满了恐怖的气息。我突然觉得，海生一定发现了什么，发现了被我们忽略掉的、重大的，甚至是决定性的惊天的秘密！

突然，海生猛地一拍大腿，大叫："就是这样，一定是这样！"

我被这突如其来的叫声吓了一大跳，像受惊的孩子一样，小心翼翼地问："是什么样？"

海生侧过脸来看着我，咽了一口吐沫，双手合拢，十指紧紧地攥在一起。然后，他又转向电脑屏幕，长长地出了一口气，这才低沉地说："安子，也许，我们都错了，所有人都错了，包括魏明轩。"

"什么？"我听见我的声音冲出喉咙，撞在四壁上，反弹回来，进入我的耳朵。

"你听我说，我想我的推测应该没有偏差。你和老杜对于电脑都不是特别了解，你看，这是白羽飞的笔记本电脑……"说着，海生把一直放在电脑桌一角的那台二手笔记本拿了过来。

我心情紧张，你说我们都错了，可这跟我们对电脑不甚了解又有什么关系？

"你看这张无线网卡……"说着，海生把插在电脑里的无线网卡拔了出来，又扯出了无线网卡的天线。

"这张网卡在我刚拿到这台笔记本的时候很难拔出来，这就说明，它在这台笔记本里放了很久，而且很少插拔。那么你再看它的天线，我刚才把它拔出来的时候，也用了点力气。你可以看到，这根天线已经不那么直了，而且表面的镀层已经有了锈斑。这说明它之前应该一直拉开着，很少退进去。并且它还有一定的变形，可为什么会变形呢？"海生压抑着激动的心情，一点点细致地展示给我。

"可这又能说明什么？"我还是不明白，"也许白羽飞把网卡的天线当作晾晒小物件的小杆子呢，虽然它很小，但笔记本的出风口可以吹出热风来。我就曾经把眼镜布、手帕之类的小东西放在笔记本电脑的出风口前，好让这些小东西快点干。也许白羽飞也经常把类似的小物件搭在天线上，所以天线也就一直拉开着，因为常常搭东西而变形了。"

"你的推理非常合理。可你看，天线上有明显的擦痕，还不是一道。在这个位置附近，有一圈圈的擦痕。这又是为什么呢？"海生指着无线网卡的天线说。

"啊？擦痕？也许，也许使用不当吧；也许，也许他……"

"再看窗户这里，"海生指着那块黑色的模糊痕迹说，"我想这是一段铁丝。"

"铁丝？谁缠的铁丝？"我想起简易房内土壤里有高浓度的黄曲霉素，难道魏明轩是用铁丝下的毒，而不是树枝？不可能，他没有提到过铁丝，而且这么细的铁丝，如何能够沾了致命的黄曲霉素，顺利地从窗外伸进白羽飞的水杯里？就算魏明轩的确用的是铁丝而不是树枝，也没必要把它缠在防盗网上吧？而且魏明轩也不会粗心到把铁丝缠在防盗网上，忘了拿走吧？还缠得如此结实，以至于难以完全去除，只好折断，留下这么一段？

"白羽飞——自——己——缠的！"海生一字一顿地答道。

"什么？他缠铁丝干什么？"我惊诧不已。

"安子，你不了解，在那样的荒野，在那样的简易房里，没有信号增强器，无线网卡的信号绝对很差。所以白羽飞要想流畅地上网，就一定会在这个天线上加装天线。天线上的擦痕，就说明他肯定加装了天线。桌子就在窗户下方，于是他就把铁丝的一头绑在无线网卡的天线上，另一头绑在防盗网的不锈钢柱子上，再把铁丝向外伸出一部分，这样就自制了一根天线，可以相对流畅地上网了。"海生说完，满意地冲我微笑，显然他对于自己的这个推测非常满意。

"可这不过是你的猜想，也许他没有绑铁丝呢；或者装防盗网的时候，用铁丝加固……"

"你忘了老杜的窗脚吗？你看，这根绑了铁丝的不锈钢柱子就靠近老杜始终纠结的堆满灰尘的最右侧的窗脚旁。当时老杜不还推测，这扇窗户应该自始至终都开着，但并不是完全推到左侧，而是从右向左推开一条小缝吗？现在看来，这条小缝就是留给这根铁丝的。我们现在看到的就是这根铁丝放大的样子，像一段黑色的短树枝，向窗外伸出，而窗户也因它始终开着一道小缝。"

这时我才注意到，防盗网内的窗户的确开着一道小缝，并且就是在靠近有黑色痕迹的不锈钢柱子那侧。

在那一瞬间，我突然失语，铁丝、雷电、烧焦的头发，我的脑海里出现了一幅可怕的画面：

工地、简易房，狂风暴雨、电闪雷鸣。白羽飞站在简易房内，面前的电脑桌上，一根细细的铁丝将笔记本电脑的天线和窗外的防盗网连接了起来，窗户开了一条小小的缝隙。狂风从这小小的窗缝里钻进来，暴雨从这小小的缝隙里灌进来，于是白羽飞踩着桌子，攀到窗户上，探身，用力去关闭那个缝隙。

就在这时，一道闪电划破长空，直冲简易房劈来，白羽飞的手此刻正好触碰到那根细细的铁丝，一道夺目的光在铁丝上炸开，而白羽飞，就在那一刹那栽倒在地。

这就是为什么白羽飞的尸检报告上会出现那条古怪的鉴定结果——部分头发被烧焦。

我终于惊醒，却无法接受这个推测，可也无法驳斥。我突然感到一股巨大的压力扑面而来，一种从未有过的强大压力。

我们都不是神，我们真的没有权力去妄断他人的对错，决定他人的生死。

悲悯的结局

白 夜 救 赎 之 王 族 星 座

　　老杜得到这个消息的时候，在电话里半晌无言，最后他只说了一句话："如果的确是我错了，我来负责。"

　　我安慰老杜："就算白羽飞不是魏明轩杀的，他也逃不了干系，他不能逃脱抛尸灭迹的罪责。再说如果真的不是魏明轩杀的，他又为什么要抛尸灭迹呢？也许白羽飞被雷击的时候并没有死，只是头发烧焦了而已，是魏明轩闯进屋子打死了白羽飞。"

　　老杜泄气地说："安子，你忘了黑衣人夜访诊所。"

　　"难道你的意思是杀人的是沈美玉？不可能，不可能。沈美玉不可能徒手杀死白羽飞，就算白羽飞被雷击，受了伤，沈美玉也很难徒手打死他。"

　　电话那头的声音越来越沉重："安子，也许我们真的错了，也许连沈美玉都错了。黄曲霉素也许是她下的，但在那个雨夜，在电闪雷鸣中，在倾盆大雨中，谁又能保证她在窗后看清了每一幕？也许她看到的只是白羽飞的尸体，而并不真正清楚白羽飞到底是怎么死的！"

　　"可为什么魏明轩要承认自己毒杀了白羽飞？而当我们告诉他白羽飞不是被毒死的，他为什么不为自己喊冤呢？就算是沈美玉下的毒，就算她没看清每一幕，可她一定看见白羽飞倒在了地上，所以才夜访诊所，找魏明轩帮忙。也许就像魏明轩一年前所供述的一样，当他走进简易房，发现白羽飞气息尚存，便干脆一不做二不休，动手打死了白羽飞。不过我还是不明白，魏明轩又不是傻瓜，有了有利于自己的证据，他为什么不翻供，比起连杀两命，杀死沈美玉一个人的罪责必然小一些。"

"因为，沈美玉——没有死！"老杜的这句话石破天惊。

当天傍晚，老杜回到北京，带着我和海生前往石门监狱。

老杜和石门监狱的狱警早就稔熟，我和海生在石门监狱的那几年，他每次来探视，都会和狱警们聊天，甚至一起吃饭。他提出要在晚饭后探视魏明轩，鉴于他是魏明轩案的经办刑警，石门监狱特批，允许他在例行的探视时间之外单独探视。

在见到魏明轩之前，老杜向狱警打听，是否有人来探视过魏明轩。狱警翻查探视记录，发现从魏明轩入狱到现在，只在这两个月有两次探视记录，探视人是同一个人，名叫陈香岚。老杜向那名狱警打听陈香岚的长相，可惜那名狱警那两天正好休假。

由于属非正常探视，而且管理探视室的狱警已经下班，我们也没有正式的公函可以请狱警把魏明轩带到审讯室来，所以为了安全起见，当晚，石门监狱的狱警请我们一行三人进入关押监区探视魏明轩。

走过一道道铁门，心中无限感慨。一年了，魏明轩在无法再看到他喜欢的星空和宇宙之后，在无法再游走人间、寻欢作乐之后，在失去自由失去一切之后，是否还像之前那样风轻云淡、风流倜傥？他是不是就此失去生活的勇气，变成一个颓废沮丧、坐吃等死的、绝望的罪犯？

　　最终，我们站在关押魏明轩的那道铁门前。没有想到，魏明轩竟然和之前相差无几，一样的精神、一样的沉着，甚至连眼神都一样的无畏。我不禁感叹，这真的是一个生活在自己的精神世界里的男人。也许正如他自己所说，"没有人可以剥夺我仰望星空的能力，即使被关在果壳之中，我仍旧可以自以为是无限宇宙之王"。

　　老杜和铁门外的当班狱警窃窃私语了几句，听不清他们说了些什么，只见老杜的眼神突然闪烁，想必听到了什么令人震惊的消息吧。

　　老杜说的第一句话竟然是："魏明轩，我是来救你的！"

　　魏明轩听了一阵冷笑："是你把我送进来的，怎么可能再来救我？再说，就算是我父母花了钱托你来救我，你又如何救我？况且他们根本不会救我，他们已经有孙子了，早就不当我是儿子了。"

　　听了这话，我的内心难免凄凉，可魏明轩的脸上却没有一丝凄楚。

　　我转脸看海生，他正目不转睛地盯着魏明轩。

　　老杜又一次向魏明轩抛出了那个在一年前已经问了数次的问题："你能不能再说一遍，到底是怎么杀死的白羽飞，以及沈美玉。"

　　魏明轩依旧招牌式耸耸肩："你要我说多少遍才会相信？我说我没有杀死白羽飞和沈美玉，你不信。于是我说我毒死了白羽飞，杀死了沈美玉，你还是不信，还说白羽飞的尸检报告显示他不是被毒死的。没办法，我只好又说自己打死了白羽飞，结果你们就判了我无期徒刑。现在，你又来问我怎么弄死的白羽飞，难道这一次，你又想出什么幺蛾子，来加罪于我吗？难道不看见我死你就不甘心吗？"魏明轩冷笑着，死死地盯着老杜，仿佛老杜的脸上长满了奇奇怪怪的东西。

"魏明轩，别耍嘴皮子，我说是来救你的，就是来救你的，想必你也不知道白羽飞究竟是怎么死的吧？"最后半句话，老杜的声音突然高了起来，威严可畏、气势逼人，就像从铁栅栏的缝隙中间伸过去一双手，扼住了魏明轩的喉咙。

"那你告诉我，白羽飞究竟是怎么死的？"魏明轩不由自主地向前靠近了一步，双手牢牢地抓住铁门，瞪大了眼睛，死死地盯着老杜。

"让我来告诉你吧，白羽飞不是你杀的，也不是沈美玉杀的，他是被雷劈死的！"老杜这句话几乎是吼出来的。

只见魏明轩双眼圆睁、瞠目结舌，脸上的肌肉抽搐起来。"怎么可能，怎么可能？"他喃喃着，手足无措，双手放开了铁门，颤抖着后退了几步，一屁股坐在监狱的木板床上。

"这两个月，每个月都有一个女人抱着襁褓中的娃娃来探视，你因此心情大好。那个人，就是沈美玉，没错吧？"老杜的话落地有声，连我和海生都不禁大吃一惊。

魏明轩坐在床上，瞬间恢复了惯有的冰冷，然而借着昏暗的灯光，我看见他的手指在轻轻地颤抖。他喃喃地说："你弄错了，她不是沈美玉，沈美玉早就被我杀死了。"

老杜竟然大声吼叫起来："是吗？沈美玉被你杀死了？那她是谁？虽然她登记的名字是陈香岚，可天底下哪有这么巧的事情，难道她和沈美玉是双胞胎，连指纹都一模一样？承认了吧，陈香岚就是沈美玉！男人爱自己的女人、自己的孩子天经地义，可如果被狂热的激情冲昏了头脑，就会丧失理智，害了自己，也害了女人和孩子！我知道你当时所做的一切，就是为了保护沈美玉，因为她怀了你的儿子。

"现在，我告诉你一个细节，那就是白羽飞的尸检报告上除了黄曲霉素没有超标，还有一条，那就是头发部分被烧焦。而其他种种细节都证明，白羽飞有充分的可能，在前年的农历八月十五，在那个电闪雷鸣、狂风暴雨的夜晚，被雷击而死。

"也许，你该仔细地问问沈美玉，她究竟是怎么杀死的白羽飞！我想连她自己都说不清，白羽飞究竟是怎么死的吧！"

在那一瞬间，那个在几分钟前还一脸无畏的男子，突然面如死灰，身体蜷缩，抖如筛糠。

他喃喃地说："不、不，不可能，美玉说看见他倒下了……美玉说老天爷看见了……"

老杜叹了口气，摇摇头，没有再说话。

海生轻声问了一句，语气平淡、毫无感情："那晚，你是不是拿走了窗户上的长木棍，扯掉了防盗网上的细铁丝，扔到了荒野里？"

魏明轩目光涣散，漠然地点头。

海生长叹一声，轻声说："也许你真的应该问一问沈美玉，她究竟有没有亲眼看见白羽飞倒地身亡的那一瞬间……"

最后的致意

白 夜 救 赎 之 王 族 星 座

一个月后的一天早晨，石门监狱的狱警打电话给老杜，说那个叫陈香岚的女人又抱着孩子来探视了。

于是老杜带着我和海生匆匆赶到石门监狱。

这一次，我们在石门监狱的监控室里，看到了探视室里的**魏明轩**和陈香岚母子。

这是我第一次见到陈香岚，也就是白羽飞的前妻，案发时海潮的妻子，魏明轩的情人——沈美玉。

这个女人比我最初见到的那张照片上的她要胖大约一圈，看起来也没有照片上那么风情万种，只是那张苍白的面孔非常惹人注目，虽然略显羸弱，却有一种女性的柔弱之美，惹人怜爱。

为了等待我们，狱警延迟了他们的见面时间。

等我们在监控室里坐好，那女人才抱着孩子走进探视室。

她刚坐下，怀里的孩子就"哇"的一声哭了起来，也许是因为见到陌生的面孔，也许是因为到了陌生的环境。这女人忙摇晃着，哄孩子不哭，最后实在没办法，便撩开上衣给孩子喂奶。

我注意到一个细节，这女人给孩子喂奶时既没有背过身去，也没有涨红面颊，想必**魏明轩**果真就是这孩子的父亲，否则她怎会如此坦然。

坐在她对面玻璃隔板后的魏明轩始终沉默地看着，然而他的眼神里却充满了热切，充满了激动。他目不转睛地盯着那娃娃，仿佛错过一眼，就会失掉他一样。

二人就这样沉默地等待着，直到五六分钟后，孩子不再哭泣，在母亲的怀抱中安静下来。

"你还好吧？"魏明轩问，眼神里满是怜爱。

"还好，就是快没钱了，等孩子再大点，能背着出门，我去找个活儿干。"女子沉闷地说。

"给你的东西都卖光了？"

"那几件值钱的我不想卖，留着吧，将来还不知道会遇见啥难事，不能都卖了吧。"女子轻声答道。

"一年前那个老警察来找我了。"

"又找你干啥？"女子疑惑而紧张。

魏明轩直直地看了她半晌，叹了口气，轻声说道："美玉……"

"哦，不、不……"女人惊愕地打断了他。

"他们还是查出来了，"魏明轩苦笑一声，接着说："不用瞒了，我只想问你，白羽飞到底是怎么死的？"

"呃，呃……"女人支吾着，左顾右盼。

"美玉，你放心吧，我已经被判无期了，不会再翻案了，我只想知道真相，请你告诉我……"魏明轩的语气诚恳而热切，目光里有一种我从未见过的光，亮晶晶的，让我想起他的王族星座和他的宇宙。

"就是，就是……"沈美玉犹豫着，支支吾吾，"就是……"连说了三个就是，还是没有下文。

"我一直不敢问，怕戳到你的痛处，可现在，尘埃落定，我儿安康，你能不能告诉我，你到底有没有看见他倒下去，是怎么倒下去的？"魏明轩的语气温柔到极点。

"就是，就是我把树枝捅了进去，然后打雷闪电、大雨倾盆，我怕遭天谴，特别特别害怕，就从石头上摔了下来。我抱着头，蹲在雨里，等可怕的电闪雷鸣过去了，才又爬上石头。树枝还在，我从窗户往里看，借着又一道闪电的光，我看见他躺倒在地上。"沈美玉边说边哆嗦，显然这段回忆对她来说是生命不可承受之重，怀里的孩子似乎也受了她的情绪影响，又一次哇哇大哭起来。

等了大约七八分钟，孩子不哭了，魏明轩又问："那你有没有看见他在地上滚来滚去？"

沈美玉摇头。

"那你确定他当时已经死了？"

"我不知道，我，我……我害怕极了，只能去找你……"沈美玉几乎要哭出声来，孩子也再一次哭起来。

沈美玉无奈，又一次给孩子喂奶。

"唉……"魏明轩长叹一声，仰面朝天，闭上了眼睛。

那天，探视结束之前，沈美玉和魏明轩隔着探视室的玻璃隔板

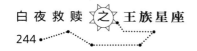

痛哭流涕，沈美玉甚至忘了怀中的婴儿，放声大哭……

在监控室里，我紧紧地攥着海生的手，泪流满面，我无法承受这样的结局，天意怎可如此弄人！

为什么，为什么要在尘埃落定之后，我们才发现最终的真相？

为什么一向从容智慧的小医生魏明轩，竟然没能在那个电闪雷鸣的暴雨之夜看破红尘的玄机、发现命运的陷阱？

为什么，为什么，这是为什么？

到底谁是真正可怜的人？

谁才是最终的受害者？

到底是谁，铸就了这起在悲惨之后更加悲惨的案件！

最后，老杜低声叹息："如果陈香岚和她的儿子没有出现，恐怕我们永远也无法揭开真相！"

而海生却说，"不管我们有没有揭开真相，在魏明轩看来，他都是值得的，为了所爱的人。"

是啊，事实上，在白羽飞死前两个月，魏明轩就已经着手为沈美玉报仇，不过他的清高注定他只会用自己的方式来实施复仇计划——用金钱来制造对等的羞辱——与当年白羽飞给予沈美玉的一般无二。沈美玉、海潮和白羽飞的相遇纯属偶然，却因为白羽飞的再次羞辱促发了沈美玉极端的恶意，以至于阴差阳错，在白羽飞遭雷击死亡后，沈美玉误以为白羽飞死于自己从窗口投入的黄曲霉素，最终导致魏明轩为了所爱的人献出了自己。

不管是一起存钱还是独自出逃，乃至在火车上夺回行李，都只是魏明轩的障眼法。他伸开臂膀遮住身后所爱之人，尽己所能拖延时间，以便让沈美玉从所有人的视线里彻底消失。

狂热的爱会蒙住我们的眼睛、烧灼我们的灵魂，让我们无法看清真相，让我们在茫茫的大雾中拼命狂奔，就为找到那条出路，那条救助爱人的出路。

这，就是爱的奉献；这，就是爱的救赎。

即便在狂奔之后，我们跌到，我们毁灭，依旧无怨无悔，因为我们已经奉献出全部的热量，就像流星对于宇宙的奉献。只要那束耀眼的光芒能够在深夜里照亮所爱之人的整个世界，我们的奉献就是值得的，我们就已经满足，因为我们——属于我们所爱的人，因为我们所爱的人——属于我们。

魏明轩如此，海生如此，老杜，亦是如此，不管前生后世，不管来因去果，只要能够照亮所爱之人的白夜，就算化作尘埃，也在所不惜。

无所谓对错，无所谓善恶，只因为爱，一切，都是为了爱。

正如魏明轩所说，我们都是这个宇宙的一粒尘埃，然而宇宙里有"机遇号"。人生也总有机遇，命运是注定的，无论有多少预定的路线和突然的改变，无论有多少岔路和歧途，兜兜转转，终究还是会走上那条路。

"我愿是荒凉人世的'机遇号'，就算一开始就被设计成90天的寿命，也要在猛烈的沙尘暴下苟延残喘，孜孜不倦地望向星空；我愿是沉睡多年的'旅行者1号'，哪怕已经远离地球，看不清来处，却依旧在数十年后成功重启，再度复活，点火前进。就算最终的命运是永生漂浮，再无归路，也要在太空中守望，成就属于自己的生命的里程碑。"

如果我们可以燃烧自己，照亮白夜，我们就是我们的世界的王！

无所谓是非，无所谓丰碑，做点自己想做的事情，做点对自己来说有价值的事情，这辈子，真的也就够了。

三个月后，老杜果真如自己所说："如果的确是我错了，我来负责。"

虽然老杜没有通天的魔法，但他终究还是通过法院自究环节，推动了勘探现场失踪案和沈美玉失踪案的再审，并最终使得这两起案件成功改判，把魏明轩从连害两命的杀人犯，变成抛尸灭迹的同案犯——改判有期徒刑三年，且因已在押一年，所以还需两年就可刑满释放。

沈美玉则因蓄意谋杀未遂，最终被判处有期徒刑一年，因尚在哺乳期，监外执行一年。

这最终的结果虽然让徐锋有些恼火，但总算卸掉了老杜、我和海生心上的石头。这样的改判对徐锋来说，是一个非常要命的"打脸"；毕竟这意味着他曾经的业绩出现了相应的"折损"，然而我们却都长长地出了一口气。

众神是慈悲的，没有无缘无故的爱，也没有无缘无故的恨，也

没有穷凶极恶的小医生……

　　这个故事的最后一幕，让我颇为惊讶。我万万没有想到，在公判第二天，会有一位面色苍白的女子，抱着襁褓中的婴儿，跪在公安局门前，泪流满面……

　　当时徐锋吓坏了，以为又出了什么紧急情况，忙派人到门口严密看守，生怕这女子或者闯进来，或者抱着孩子撞墙自尽……

　　然而这名女子却没有过激行为，她只是抱着孩子，在公安局门前跪着哭了很久，然后冲着大门磕了三个头，站起来，抱着孩子，走了。

　　在她身后不远处，站着一位大妈模样的女人，见这女子走掉，也紧随其后，走了。

　　当时老杜和我，还有海生，就在正对大门的徐锋的办公室里，耳边是徐锋絮絮叨叨的抱怨。

　　徐锋坐在办公桌后，啰啰嗦嗦地说："老杜，你能不能少给我捅点篓子，你看看今年改判的案子，整个市局就我这一个，你让我的老脸往哪儿搁……"

　　老杜、我和海生，没有坐在徐锋对面的沙发里，我们一字排开，站在窗前，默默地注视着大门外下跪的女子，心情无比沉重。

　　那女子，就是沈美玉。

　　祝愿魏明轩和沈美玉的未来，能少些波折。

　　祝愿他们的孩子，能健康成长。

祝愿这宇宙能多些光亮，哪怕仅仅是流星的光芒。

祝愿所有相爱的人，都能成为点亮彼此人生的王族星座！

命运就是命运，无论有多少预定的路线和突然的改变，无论一路上有多少弯路和多少分岔，最终，还是会走上那条路。

就像魏明轩最后在二次审判的法庭上说的那段话：

人在天地间，

沧海之一粟。

幸得相思意，

十年终不改。

重逢情如旧，

为伊赴生死。

去留皆天意，

宿命不可违。